スティーヴン・ハンター／著
公手成幸／訳

ベイジルの戦争
Basil's War

扶桑社ミステリー
1578

六十余年前、物語のすばらしさを教えてくれた、*Dave Dawson with the R.A.F.* や *Red Randall at Pearl Harbor* などの著者、R・シドニー・ボーウェンに、そしてその他数多くの作家たちに、本書をささげる。

旅団は進軍する

――ジェイムズ・ブルダネル

第七代カーディガン伯が、一八五四年十月二十五日にクリミア戦争のバラクラヴァの戦いにおいて述べたことば。

ベイジルの戦争

登場人物

ベイジル・セントフローリアン ―― 英国陸軍近衛騎兵連隊大尉、特殊作戦執行部（SOE）のエージェント

サー・コリン・ガビンズ将軍 ―― 特殊作戦執行部の指揮官

アラン・チューリング ―― オックスフォード大学数学科教授

マーフィー ―― 英国空軍少尉、第一三八飛行隊パイロット

ディーター・マハト ―― ドイツ軍情報部大尉、パリ支部の防諜部門所属

ヴァルター・アベル ―― ドイツ軍情報部中尉、マハトの副官

オットー・フォン・ボッホ ―― ナチス親衛隊（SS）少佐

ギュンター・ショル ―― ドイツ空軍大佐

序章　一九四三年春

「角砂糖は一個だったっけ、二個だったっけ」ベイジル・セントフローリアンは問いかけた。

「あら、二個に決まってるでしょ」彼女が言った。「それぐらい、とっくに知ってるはずなのに」

「ゆうべの営みがひどく激しかったせいで」彼は言った。「記憶がふっとんでしまったんだ」

「それは最初の行為のこと？　それとも二度めの？」

「どちらも、とほうもなく楽しかったんじゃないかな？」

彼女はベッドに横たわったままだった。女優という職業がら、彼女はそのすばらしく均整の取れた顔にあらゆる感情を浮かべることができるが、いまは心底楽しげな表情になっていた。だが、それは、彼女がこういう肉体のみの関係はだれも認めないことを思いだし、いかにも美を売りにする映画女優らしい態度を取り戻すまでのことだった。

ベイジルは、ダージリン・ティーが——世界が悲惨な政治状況と戦闘のさなかにあるいま、どうやってこんな茶葉を手に入れたのだろう？——注がれたクラリッジ・ホテルの上質なカップに角砂糖を二個入れ、ベッドにいる彼女のところへ持っていった。彼女はシーツに身をくるみ、みごとなハート型の顔を紅潮させていた。

「もう少し、ここにいてくれたらいいんだけど」彼女が言った。「きょうは、この戦争にあなたがどうしても必要ってわけじゃないんでしょ？」

「わたしはそれほど必要とされてるわけじゃないし」彼は言った。「どうしてもなんてことはさらさらないね」

それから一時間ほどが過ぎたころ、彼はまたシャワーを浴び、そのあと服を着て、身なりを正し、完璧（かんぺき）な制服姿になっていた。その英国陸軍近衛騎兵連隊大尉の制服には、いまは大半の騎兵が勇気を示すあざやかな勲章を見せびらかしている時代なのに、ぱっとしないものが二、三、飾られているだけだった。それを見た者は、ベイジルの戦争は上官の口述筆記をすることだと考えるだろう。

「言っちゃなんだけど」彼女が言った。「あなたがこの戦争をほとんど真剣に受けとめてないってのが、とってもおもしろいわ。セントフローリアン大尉には、単独の進軍なんてのはありえないのね。そういうのはほかのやつらにお任せってわけ。あなたは英雄インフルエンザには無縁。みんなが駆けずりまわってるときにも、そうじゃない人間が少しはいるってのは、とっても新鮮。そういうひとたちは、ふだんのようにしていなくてはと思って、そうしているだけなのか、たんに怠け者であるかのどちらかね」

「わたしは国王と国を愛しているが」ベイジルは言った。「それ以上にベイジルを愛している。戦後の復興のために、だれかが生きのびなくてはならないんだ」

「ご立派なこと！　ラリー（〝ローレンス〟の愛称）は戦闘場面のロケ地探しのためにアイルランドへ出発し、わたしはまもなく兵士たちの士気高揚のために北アフリカへ向かうというのに、ベイジルときたら――くどいようだけど、これからなにをするつもりなのかしら、ダーリン？」

「ベーカー街のオフィスに陣取るさ。そこで、すべての戦場から情報報告を受けることになってる。わたしは優先順位をつけ、要約し、物語（ナラティヴ）にする。この戦争における一日を物語にすると言ってもいいだろう。そのあと、その文書はすべての戦場へ、そして、いまは一七〇〇時と呼ばれているが、ふだんはたんに午後五時という時刻に、ロンドンの参謀本部へ送られる。それはすべて、〝ロンドン池〟にいる大物たちにとっても非常に重要なものだが、主たる対象は実際に戦争をしている軍曹たちなんだ。軍曹たちはわたしの文書を欲している。わたしが強力なタイピストで、まっとうな判断を下すように見え、よき物語を伝える男だからということでね。なにより、大金持ちを父に持つわたしは、けっして共産主義者(レッド)ではないし、軽薄者という風評がよき隠れ蓑(みの)になって、だれもわたしを重要人物とは受けとめない。もちろん、もっとも好都合なのは、たいていの夜に開かれるカクテル・パーティのたぐいに出る時間があることだ。それで、ゆうべ、レディ・ダフ・クーパーが開いたそういうパーティで、あなたという美女に出くわしたと」

「わたしは満足したわ」彼女が言った。

彼女が身を起こし、一瞬、そのほっそりした裸身があらわになって、とび色の髪が揺れ、青い目がきらっと光ったが、すぐにホテル備えつけのローブで体を覆い隠した。クラリッジの優美なルイ十四世風チェアに腰をおろし、脚を組んで、ティーポットをしげしげと見る。

「冷めちゃってる。あなたが熱くなってるあいだに、こっちは冷たくなったのね」

「ティーも男もそういうものってわけさ、ダーリン」ベイジルは言った。

電話が鳴った。

「なによ」彼女が言った。「わたしがここにいることはだれも知らないはずなのに」

が、彼女の予想は外れ、それは彼にかかってきた電話だった。

「どうしてあなたがここにいるのがわかったのかしら?」受話器を手渡しながら、不思議そうに彼女が言った。

「ベイジル! いったいぜんたい、いままでどこにいたんだ?」そう言ったのは――名は告げられず、声で判別できただけだが――デイヴィッド・フィッツヒュー少佐だった。〝ピンキー〟の愛称で知られるフィッツヒュー少佐は第十五軽騎兵隊に所属し、現在はサー・コリン隊長の副官を務めている。

「わたしは残業をしなくてもいい身でして」ベイジルは言った。

「そんなのは表向きの話でしかない。それはともかく、〝本日の軍事行動〟通知を受けとった。あいにくだが、きみに来てもらわねばならない。それも、いまやっていることを放りだして、できるだけ早くだ」

「すぐに行きます」

「今回はベーカー街にじゃない。大蔵省にだ」

「それほどの大ごとだと？」

「サー・コリンがそう主張したんだ」

「数分でそこに着きます」

彼は電話を切った。

「いつものことさ」彼は言った。

「親指を痛めないようにね」ヴィヴィアン・リーが言った。

その夜の任務

一機のライサンダーが、まだ真っ暗な英国戦時標準時の〇四〇〇時に飛び立っていく。操縦する英国空軍少尉マーフィーは、その機は短い距離で離陸できるという名声を博してはいても、南南西の向かい風を利用していた。彼は機を離陸させ、失速速度が驚くほど低いのを感じとりながら、操縦桿（かん）を穏やかに引いて、五百フィートの高度へ上昇させたところで、左へ大きく旋回させ、占領下にあるフランスへ乗客を運ぶべく飛行を開始した。

マーフィーは、所属する第一三八飛行隊（特殊任務中隊）のパイロットとして、レジスタンスに協力する工作員（エージェント）をフランスへ潜入させたり脱出させたりする任務を数多くこなしてきた。だからといって、気軽に、恐怖を覚えずにやっているわけではなかった。ナチの占領地へ機を侵入させるのは、何度やっても初めてのように感じる。なにが起こるか予測がつかず、ニューマーケットにある英国空軍（RAF）基地の自分の兵舎に帰還するのと同じ確率で、自分もあっさり捕まって捕虜収容所(POWキャンプ)送りになるかもしれないのだ。

高翼、単発エンジンの機が、高度計が五百フィートを示している高度を保って飛行していく。英国の、そして一時間後にはドイツのレーダーに捕捉(ほそく)されることのないようにするための高度だ。好都合にも月のない夜で、いくぶん寒くて湿気が多く、地表の温度は華氏約四十度――摂氏約四・五度――になっていた。いまは一九四三年の四月初旬。目的地まではまだ二時間ほどを要する。それはパリの三十マイル東方にある村、シュル・ラ・ガーヌの外にひろがる草原だ。そこに着き、神とナチス空軍(ルフトヴァッフェ)の思(おぼ)し召(め)しがあれば、鉄道線路の上空を離脱して、地上で光る四つのライトを見つけだし、そのライトは地面がじゅうぶんに平らで、近辺に立木がないことを示しているのだとわかって、この機を着陸させることができるだろう。乗客を降ろし、この夜の任務を担当する、マキ団（対独レジスタンスのひとつである地下運動組織）所属の農民たちが（だれなのかは彼にはわからない）この航空機の向きを反転させ、四十秒後には自分はふたたび離陸して、ティーとジャムの待つ西の方角をめざすことになる。とはいえ、それは理想的にことが運んだ場合の話だ。

ライサンダーの旧式な操縦パネルのてっぺんにあるコンパスをチェックして、方位が一四八度（東南東）になっていることを再確認し、燃料と（満タンだった）、対気速度（時速一七五マイル）を再確認してから、パースペクス製の防風ガラス（ウインドシールド）を通して前方へ目をやると、予期したとおり、なにも見えなかった。なにもないことはいいことだ。これは戦時にはまれな、なにもない夜だとわかった。英国空軍のランカスター爆撃機が空に群がっているわけでも、ドイツの奥深くにあるいくつかのターゲットのあいだで無線電波が行き交っているわけでもない。そういう無線交信の存在は、ルフトヴァッフェの夜間戦闘機メッサーシュミットＢｆ１１０が離陸して、飛行していることを意味するのだ。これまで、Ｍｅ１１０がライサンダーを撃墜したことは、両者は飛行高度も速度も異なっているから、一度もない。だが、なにごとであれ、これが初めてというのはあるものだ。

　彼の背後にいるベイジルは、ライサンダー社のいささかお粗末な製造のせいであちこちにできた隙間（すきま）から吹きこんでくる寒風に打たれて、身を縮めていた。戦前にフランスでつくられた安っぽい黒のウール・スーツの上に、ＲＡＦの乗員用ジャンプスーツを来て、その上にさらにＲＡＦの羊革コートを着ていても、体が震えてくる。あえて着用しなかったパラシュートの上に尻（しり）を乗せているので、すわり心地が悪かった。しかも、このライサンダー機は何度か冒険的な飛行をしたことで、左の窓が撃ち砕かれ、だれもそれを交換しようとはしなかったため、通常を超える寒風が身に打ちつけてくるのだ。ぱっとしないブリストル・マーキュリーⅩⅡ型エンジンが冷たい空気に抗してうなりをあげている振動が感じとれた。エンジンが生みだすエネルギーが機体の縦横の金属部材を震わせ、帆布製の胴体を張りつめさせていた。

「イギリス海峡に近づいています、サー」装着しているイヤフォンを通して、割れた声が届いてきた。機全体がひどい騒音に包まれているので、イヤフォンなしでパイロットと乗客がコミュニケーションをとることはできないのだ。「十分後に海上に出ます」

「わかった、マーフィー。ありがとう」ベイジルは言った。「それはそうと、あの新参の男はどんなやつなんだ?」

「とてもすばらしいです、サー。一三八は最高のを手に入れたってわけです。首相がみずから手配してくれたそうです」

「だれだか、忘れたな。彼はポーランドの出だったか、それともノルウェーだったか?」

「まさか、そのどっちでもないですよ。彼はハートフォードシャー出の男です。彼は――いったいどうして、われわれのクルーに新しい男が加わったことを知ったんです？」

「つねに新しい男は加えられるものなんじゃないか？　わたしは、彼が慎重に管理されているかどうかを案じているんだ。もしかして、彼がどれかのねじ頭をスパナーで締めるのを忘れていたら、われわれは空から墜落して、ドイツ人（ジェリー）にとっつかまってしまうだろう」

「いやいや、わたしは心配しちゃいませんよ。航空機を点検する連中は意地悪な看護師みたいに、ありとあらゆる穴に指をつっこむんです。彼らにかかったら、なにも見落とされることはありません。われわれの航空機はへたってるように見えるでしょうが、内部の重要なところはすべて、完璧に動くようになってるんです」

「すばらしい。安心させてもらったところで、よければ、わたしはひと眠りさせてもらおうかな？」


二十分後に目を覚まし、穴のあいていない右側の窓のほうへ身を傾けると、イギリス海峡の黒い海面が見てとれた。早春の寒風が強く吹いているために、海面が泡立ち、ざわめいている。ロマンティックでも美しくもないものの、星ぼしの光をそれなりに浴びて、かすかなきらめきを発していた。その光景はさまざまな不快感を呼び起こし、膨大な水をたたえる海への嫌悪感を催させただけだった。彼にとって、それは三つの結果を意味するものでしかない。体を濡らし、体を冷やし、死をもたらす。その三つのすべてを回避しなくてはならない。

まもなく、その光景に暗い塊が突きだしてきて、徐々に海面を覆うようになった。

「マーフィー。あれはフランスか？」

「そのとおりです」

「じつを言うと、フライトプランに目を通していなかったんだ。あれはフランスのどの部分かな？」

「ノルマンディです。ジェリーが敵の侵攻を阻止するために築いた要塞があります」

「記憶がたしかなら、そこの西に半島があり、その先端にシェルブールという都市があるね？」

「イエス、サー」

「西へ方向を転じて、あの半島を横断するというのはどうだろう？　それなら進路をそらすことなく、海岸線の上空に出られるんじゃないか？」

「イエス、サー」

「その海岸線から、シェルブール市がある半島の西端に沿って進めば、きみはなんの苦労もなく帰途につけるはずだ。それなら、コンパスを見る必要もない。そうだろう？」

ベイジルは前方へ身をのりだし、ブローニング380オートマティック拳銃を構えた。一発撃つと、拳銃が跳ねあがって、銃口炎がまばゆい閃光となってコックピットを満たし、空薬莢が排出された。すさまじい轟音だった。

「やめてください！」マーフィーが叫んだ。「いったいなんのつもりで！　気でも狂ったんですか？」

「その正反対さ、きみ」ベイジルは言った。「さあ、いま言ったように、西へ方向を転じて、あの半島を横断し、海岸線の上空に出るんだ」

マーフィーはコンパスに目をやり、それを覆っているガラスが銃弾に粉砕されて、ダイヤルがふっとび、折れ曲がっていることに気づいた。

その前日午後の事前説明(ブリーフィング)

「ベイジル、きみはいける口かね?」将軍が問いかけた。

「とても強いです、サー」とベイジルは答えた。「一晩で、ウィスキーを七杯、ときには八杯やります」

「すばらしい、ベイジル」将軍が言った。「われわれをがっかりさせない男だろうと思っていたよ」

「おいおい」別の将軍が言った。「この男がいわゆる〝ウィット〟に富む人物と評されていることは承知しているが、われわれはいま深刻な用件に向きあっているのであって、士官食堂でするのがふさわしい軽薄なやりとりをここでするのは、どう考えても不適切きわまる。ここでは笑い声をあげるのもよくないだろう、紳士諸君。ここは作戦室なんだ」

ベイジルは、地下深くにある、がらんとした方形の空間のなかで椅子(いす)にすわっていた。二、三の薄暗い電球が光を投げかけていたが、それはほぼ、壁に貼られたヨーロッパの地図を浮かびあがらせているだけだった。それ以外はなんの特徴もない。テーブルは一ダースほどの将軍が座に着けるほど大きいが、いまここにいるのは三名の将軍と——まあ、そのうちのひとりは海軍なので提督と呼ばれるが——一名の民間人だけで、その全員がベイジルと向かいあうかたちですわっていた。モードリン（オックスフォード大学のカレッジのひとつ）の口頭試験のような場に、ベイジルがしぶしぶ出席しているといった感じだった。

ロンドン官庁街の大蔵省地下にあるその部屋は、戦時の英国における極秘中の極秘施設の奥に位置していた。ほかの複数の部屋を蔵する場所の一部に、管理や兵站活動を取りしきるいくつかのオフィスと、ひとつの通信室、そして睡眠と食事のための区画があった。そこは、イングランドに建設されたものとしては唯一の、公式に秘密施設と呼ばれるところだった。巨大なオフィス建築物ではなく、火山の噴火口の下にあるような施設だ。まさにこの場所に、首相が陣取り、一万人の生命を救うために数千人を死地へ追いやる決断を下しているのだ。まあ、それは仮定の話だが。そして、そんな場所だからこそ、饐えた葉巻のにおいが色濃く漂ってもいた。

「いいかね、きみ」ベイジルに酒の嗜みかたを尋ねた将軍が言った。「王の名誉のためにセントフローリアンのように撃たれ、殴られ、拷問され、窓から外へ放りだされ、溺死しかけたことが何度もある男には、さらなる銃弾を食らう結末をもたらすことになるのはほぼまちがいない会議の、基調を定める権利くらいはあるというものだ。ソンムの戦いの初日を生きのびた人間でもないかぎり、この件に関して彼と張りあうことはできない」

ほかの将軍たちがぶつぶつとなにかをつぶやいたが、ベイジルはほとんど気に留めなかった。そんなのは実際、どうでもいいことだし、なにかが起これば自分はおしまいになるのはわかっていた。いまとなっては、どうでもいい人間のことばに耳を貸す必要はないのだ。

ベイジルを擁護した将軍が、彼のほうへ向きなおった。サー・コリン・ガビンズという名で、ベイジルが所属する部隊の指揮官を務めている。その部隊は、MI‐5やMI‐6に属する他の各部隊とは明確に性質が異なり、〝特殊作戦執行部(SOE)〟という、あまりおもしろみのない名称で呼ばれていた。その任務は、首相がそれを創設したときに言ったように、〝ヨーロッパを燃えあがらせろ〟というもので、首相はその作戦の指揮官にガビンズ将軍を任命した際、そのことを強調していた。〝切り裂きジャック〟を兵士に編入するどころか、階級を昇進させて、勲章まで与えるような組織だ。

それは、主として破壊するため——破壊できるものは、ひとであれ、場所であれ、物であれ、なんであれ——破壊するために、存在する。本来なら兵士になるのは不適格な人間に悪ふざけをやらせているのか、それとも長期を見据えた戦略的な見識なのかはまだ明確になっていない。それは、ほかの情報機関のあいだでかなりの議論を呼んでいた。

その組織の司令部は、ロンドン北部、ベーカー街六四番地の、いまは遺棄された百貨店の四階分を占めるみすぼらしいオフィス用区画に設置されていた。そこは、見るからにうすぎたなく、荒廃し、むさ苦しい気配が充満していて、倒産寸前の保険会社を彷彿(ほうふつ)させる。だが、この会議は、そういう殺風景な司令部がいくつか設置されている場所から、ここへ移動しておこなわれていた。もっとも、ここの各司令部もまた殺風景なのだが。

テーブルの向こうにいる男たちの四人めは、次のクイズの問題のように見えた。誰がいちばんこの場にふさわしくない男なのか？　ふたりの将軍たちとひとりの提督より、たっぷり三十歳は若く、その三人とはちがい、顎(あご)のがっしりした、なにかの専門家のような顔ではなかった。『ピグマリオン』（バーナード・ショー著の戯曲で『マイ・フェア・レディ』の原作でもある）をもとにした作品のどれであってもフレディ役を演じる男のような、弱々しい感じのハンサムで、権力者らしい威光もない。ではあっても、そんな男がここにいる。ネアンデルタール人たちに交じった、ひとりの若者のように。そして、ほかの面々はいくぶん彼に敬意を表しているように見えた。この野郎は何者なんだろう、とベイジルはいぶかしんだ。だが、遅かれ早かれ、どういう男かわかってくるだろう。

「諸君はみな、高度機密事項となっているセントフローリアン大尉の経歴に目を通している。この組織の創設当初にMI・6から配転された時以来、彼はもっとも有能な男のひとりだった。遂行可能なことならなんであれ、遂行できる男のひとりだ。会議を進める前に、大尉に対して、一般的な質問はなんでも受けてもらうようにするのがよかろう」

「きみの名をクリケット場で目にした憶えがあるように思う、セントフローリアン」提督が言った。「二〇年代後半にかなり名を馳(は)せた打者(バッツマン)ではないか?」

「イートンとモードリンの両方で、よきイニングを楽しんだ記憶がありますね」ベイジルは言った。

「やはり」と提督。「わたしは以前から、スポーツマンは最良のエージェントたりうると言っていたんだ。彼らは競技場において、たゆまぬ努力や、敏捷(びんしょう)さ、巧妙な思考、そして決断力を身につけるのだと」

「そうではあっても、願わくは」将軍が言った。「スポーツのフェアプレイ精神は放りだしてもらいたい。ジェリーは機会がありしだい、それを逆手に取って、きみを攻撃するだろう」

「わたしは上海にいたころ、クリケットのバットでギャングをたたき殺したことがあるんです、サー。それが、この件に関する答えになるのでは？」

「じゅうぶんに」と将軍。

「きみの家族の仕事はなんだったのかね、大尉？」提督が問いかけた。

「父はあるものを製造していました」ベイジルは言った。「記憶するところでは、自動車にまつわるものを」

「いささか漠然としているのではないか？」

「というより、すべてがあいまいでして。落ち目になったあと、わたしは二、三カ月間、彼のために働いていたと信じています。わたしの仕事ぶりは父を失望させるものでした。われわれは仲違いをして、別れました。そのあと、彼はわたしに、葡萄園を営んでいる友人に力を貸す仕事を与えましたが、あいにく、わたしはそれにも失敗しました。そこで、彼はわたしにある任務をやらせました。最初、それはうまくいきませんでした。わたしが埋め合わせをする前に、彼は命を落としました」

「ビジネスにも、かわいそうな父親をよろこばすことにも失敗したことを、どう説明するのかね？」

「わたしはひどくせっかちで、デスクの前にちんとすわってはいられないんです、サー。失礼ながら汚い言葉で言うなら、わたしのケツ（バム）はひどく軽いので、ひとところにあまり長居していると、退屈して飲んだくれになってしまいます。そして、酔っぱらって、だれかを失望させて、三流紙の記事になってしまうというわけです」

「思いだしたような気がするぞ」提督が言った。「一九三一年か三二年だったか、ある女優となにかがあったのでは？」

「わたしは女優たちが大好きでして」ベイジルは言った。

「どう言うか、ベイジルはベーカー街のわれわれのもとに来る前は、多事多端の人生を送っていたようだ。彼にとって、数かずの悪夢こそが最善の履歴ということだ」

「よかろう。この職種に関しては、彼は有能であるように思える。その線で話を進めよう、サー・コリン」

「いいとも」とサー・コリン。「どこから、さてどこから、始めるべきか？　かなり込みいった話だし、どうするかを決断する前に、諸君にすべてのニュアンスを汲（く）みとらせるようにと、ある重要人物が要求してきたのでね」

「サー、全員のために、わたしが時間を節約しましょう。わたしは公式に、志願者ということになっています」

「気概のあるやつがひとりはいるというわけだ」提督が言った。

「ケツがひどく軽いだけのことだ」と将軍。

「あまり先を急がないように、ベイジル。まずはわれわれの話を聞くようにしたまえ」サー・コリンが言った。「テーブルの端にすわっている若者の話もだ。そうすべきではないか、教授？」

「そうですね」若い男が言った。

「了解です、サー」ベイジルは言った。

「これはかなり込みいった、というより面倒な話でね。ひどく軽いケツや、ウィスキーを飲みたくなる衝動は、いまは抑えておくように。最善の努力をしてくれ」

「勉励いたしましょう、サー」

「よろしい。さて、うむ、どう言ったものか、おう、そうだ、ここから始めるのがいいだろう。きみはイエスへの道を知っているかね？」

任務

航空機の騒音、風のうなり声、そして眼下にひろがる占領されたフランスの暗闇(くらやみ)が、さらに半時間ほどつづいた。そしてようやく、インターコムを通して、マーフィーの声が聞こえてきた。

「サー、シェルブール市がある半島の西岸がすぐ前方にあります。いま、それが見えるようになってきました」

「うん、わたしにも見えているよ。これでオーライだ。低空からわたしを川へ落としてもらうのがいいだろう」

「サー、時速百マイルで水面を打ったら、ビリヤードのボールが枠から飛びだすような勢いで体が跳ねあがりますよ。全身の骨が折れてしまうでしょう」

「そうはならないだろう。パラシュートを使えばいいんじゃないか?」

「イエス、サー。その訓練はされましたか?」

「何度かその予定が組まれたが、いつもなにか口実を見つけて、回避してきた。完璧に良好な状態で飛行している航空機から身を投げだすための、まっとうな理由が見いだせなかったのでね。とはいっても、それはそのときのことで、あいにく、いまはこうなっているというわけだ」

ＲＡＦの羊革コートを脱ぐと、凍えるような風が感じとれ、冷たい空気が痛烈に身を噛(か)んでくる。体が震えていた。寒いのは大嫌いだ。それでもベイジルは脱衣をやめず、ＲＡＦ整備員用の上下一体型服(ワンジー)を脱いでいった。いっそう寒くなった！　パラシュートの上にすわったまま、苦労してパラシュートのストラップを装着していく。かなり面倒なことになりそうだった。左肩のストラップを、円形のように見えるストラップの連結部に留めるのが、なかなかうまくいかないように思えた。胸の真ん中にあるその連結部から、右肩につながる別のストラップがのびている。その作業をパスし、右脚のストラップを留めにかかると、それはカチッと音を立ててみごとにはまったように見えたが、すぐに、二本のストラップをまちがったスロットにはめこんでしまったことに気がついた。しかも、左脚のストラップもうまくはずせなかった。よけいな作業をしたあげく、なんとか正しく装着することができた。

「なんというか、このパラシュートはいつからここに置かれていたんだろう？　全体が黴臭（かびくさ）く、固くなっているんだが」

「ええと、この種の航空機はパラシュート降下用に設計されたものではないんです。こいつの利点は、短距離の離陸と着陸をおこなえることでして。エージェントを潜入させたり拾いあげたりするには完璧な航空機というわけです。なので、だれもパラシュートにはたいして注意をはらっていなかったのではないでしょうか」

「どうしようもないしろものだ。きみたちＲＡＦの連中はもっとうまくやっているものと考えていたんだが。ブリテンの戦闘（バトル・オブ・ブリテン）（一九四〇年に英空軍がドイツ空軍を上空で迎え撃った一連の防空戦）とか、数少ないそういった機会には」

「スピットファイアやハリケーンに積まれたパラシュートは良好な状態に保持されているはずです、サー。英国空軍第一三八飛行隊を代表するかたちで、情報部にそう公式に弁明させてもらいましょう」

「まあ、そうでなくてはいけないだろうな」ベイジルは鼻であしらった。最終的に、なんとか左肩のストラップをしかるべきところに適切に留めつけることができたが、装着具合が強すぎるのか弱すぎるのか、それどころか正しい側に留めつけられたものかどうかすら、見当がつかなかった。まあ、しなくてはいけないことはやったというわけだ。さあ、ゲームをつづけていこう。

「よし、きみの仕事ぶりをつべこべ言うつもりはないが、マーフィー、わたしがあまり長く降下しなくてもいいように、もっと高度をさげてもらわなくてはいけないだろう」

「その正反対でして。もっと高度をあげなくてはいけません。三百フィートの高度では、パラシュートが完全には開いてくれないでしょう。五百か六百フィートまで高度をあげれば、はるかに安全に降下できます。高度が三百フィート以下となると、カボチャを歩道へ落とすようなものです。えらく気持ちの悪い音がし、派手にグシャッ、バシャッとなって、ぐじゅぐじゅの血溜(ちだ)まりができるはめになります。お勧めできませんね」

「これは、わたしが予想していた展開とはまったくちがう」

「六百フィートまで高度をあげましょう。これの秘訣(ひけつ)は、航空機から飛びだしたときに、ボールのように身を丸めておかなくてはいけないことです。体を開いていたら、両手両脚、そして胴体が風にさらわれて、降下が失速し、尾翼で体をまっぷたつに切り裂かれたり、そこまではいかなくても背骨を折られてしまうことになるでしょう」

「いやはや」ベイジルは言った。

「左へ急旋回して、降下の速度に勢いを与えるようにしましょう。そうすれば、あなたは、少なくとも理論的には良好な姿勢をとって、尾翼を避けることができるはずです」

「〝理論的に〟などはどうでもいい」

「そのパラシュートは自動開傘方式も採用されていません。航空機から飛びだしたら、必ずリップコードを引いて、パラシュートを開くようにしてください。胸の前の、D型リングからのびているコードです」

「憶えておくようにしよう」ベイジルは言った。

「もし忘れたら、まちがいなくカボチャ落下現象になりますよ」

「オーライ、マーフィー、うまい説明をしてもらったよ。きみの軍歴簿に推薦状を入れておくようにしよう。では、そろそろこのナンセンスなやりとりを終わらせようか?」

「イエス、サー。機体がバンクするのを感じた時点で、苦もなく扉から飛びだせるようになっているはずです。イヤフォンと喉(のど)マイクを外し忘れないように。わたしが行けの合図をします。転がり出るだけでいいんです。リップコードを引き、降下します。着地のときに、身を固くしないように。そうでないと、骨折とか捻挫(ねんざ)とかをやらかすおそれがあります。リラックスするようにつとめてください。朝飯前のことですよ」

「じつにいい仕事をしてくれた、マーフィー」

「サー、わたしはどんなふうに報告すればいいんでしょう？」

「なんでもいいから、きみが降格されずにすむようなことを言っておけ。それだけだ。わたしはよろこんで悪者になろう。わたしがコンパスを壊したんだから、きみは言われたとおりにするか、基地に帰投するかだ。なにより、わたしのほうが階級が上なんだからな」

「イエス、サー」

マーフィーが操縦桿を引き、機首が空に向けられると、ベイジルは微妙な変化を、ついで重力が身をひっぱるのを感じた。マーフィーはスロットルをさらに開けねばならず、そのためにエンジンの回転音があがり、その結果、機体の振動が激しくなった。ベイジルは扉を解錠し、プロペラの気流に打たれるところまでちょっと押してから、強く押し開いた。開口部へ這っていき、そこに身をかがめて、航空機の内部と言えそうな部分の外れに身を置き、待機する。

眼下を、ところどころに光の点がある暗闇が、ごうごうと通りすぎていく。どこに着地することになるものやら、まったく見分けがつかなかった。完全な当てずっぽうになるだろう。降り立つのは、街の広場なのか、干し草の山なのか、墓地なのか、納屋の屋根なのか、それともナチス親衛隊（SS）の射撃訓練場になるのか。決めるのは神であって、ベイジルではなかった。

マーフィーが片手を掲げ、どうやら叫んだらしい。

「いまだ（タリホー）（狐狩りで獲物を見つけて犬をけしかけるときにハンターが使うかけ声）！」

ベイジルはイヤフォンとマイクを外し、轟音が渦巻く闇のなかへ転がり出た。

ブリーフィング

「もちろんです」ベイジルは言った。「といっても、わたしがその旅をすることを許されるかどうかは疑わしいですね。イエスに近づくには、しらふであり、心が清らかで、すべての戒律に従い、肯定的な展望と、年長者への従順さ、礼拝の習慣、そして高度な潔癖性を有していなくてはならない。さいわい、わたしにはそれらのどれも当てはまらないですね」

「なんとも呑気(のんき)なもんだ」陸軍の将軍が言った。「どんな場合でも皮肉を言うのかね、大尉？」

「無作法はお許し願います、サー。これは、わが国の優秀な学校のひとつにおいて、たたきこまれたものでして」ベイジルは言った。

「じつのところ、彼は愉快な人物ですね」若い民間人が言った。「ノエル・カワード（ウィットと皮肉を愛した俳優・作家・脚本家・映画製作者でアカデミー賞を受賞したこともある）が生みだす英雄像のようです」

「カワードはホモ（プーフ）だぞ、教授」

「しかし、ウィットの巨人でもあります」

「諸君、諸君」サー・コリンが言った。「いくらセントフローリアン大尉の無作法さにいらだとうが、おもしろがろうが、いまは客観的な態度をとっておこうではないか」

「それでは、サー」ベイジルは言った。「皮肉は抜きでお答えしましょう。わたしはイエスへの道はまったく知りません」

「それは一般的な意味合いで言ったのではない。特定のもの、すなわち、一七六七年にトマス・マクバーニーというスコットランドの聖職者が出版した『イエスへの道』という冊子のことでね。彼は実際に、その経路における十二の段階を羅列しており、きみの評価は高得点になるにちがいないとわたしは信じているんだ、ベイジル。きみに不足しているのは、倹約、日々の祈り、冷水浴、そして定期的浣腸（かんちょう）のみだろう」

「自慰（じい）についてはどうなんでしょう、サー？　それはマクバーニー師の教えでは許されているんでしょうか？」

「彼はそんなものを耳にしたこともないんじゃないか。それはさておき、ここでわれわれにとって重要なのは、かの聖職者が出版した冊子の内容ではなく、その原稿そのものなんだ。つまり、彼がインクで記した紙、物理的な現物ということだ」コリンがことばを切って、ひと息入れる。「その冊子はそもそも、その同じ年、一七六七年に、彼の教区民たちに訓話として説示された。好評を博して、ひとびとはそのことをよく話題にし、彼はその後何度もそれを説示した。それを説示したことで、彼は教会の名士となった。スコットランドのローレンス・〝ラリー〟・オリヴィエと言ってもいいだろう。そして、彼はその〝ことば〟をより効果的にひろめることができればと思いたち、印刷物にして、一シリングか二シリング儲けようと——なんといっても、彼はスコットランド人だからね——考えた。そこで、完全原稿をひとつ作製し、グラスゴーの注文生産出版社に持ちこんで、印刷させ、すべての教会と書店をまわって、一冊を二シリングで販売させた。それはまたもや好評を博して、販売がどんどん拡大し、ついにはかなりの大金がもたらされた。たいしたカネになったので——ここが、この逸話のなかのわたしのお気に入りの部分なんだが——彼は聖職者を辞し、田舎にひきこもって、放蕩(ほうとう)と飽食まみれの隠退生活をするようになり、その一方、現地の尻軽女たちとベッドをともにしていないときには、宗教者らしい側面も維持していた」

「わたしは彼を賞賛しますね」ベイジルは言った。

「それは、われわれもみな同様だ」提督が言った。

「彼自身の手になるその完全原稿がどういうわけかケンブリッジ大学図書館の稀覯書(きこうしょ)コレクションに収蔵されるに至った。彼がその説教の文句を自分で記し、グラスゴーのミドルセックス・レーン一四番地にあった出版社、カーマイケル・アンド・サンズに手ずから持ちこみ、一七六七年九月一日に丁寧に印刷させた書物の原稿だ。ミスター・カーマイケルの受領署名があり、それに加え、実際の印刷工であるその息子への指示が、表題紙に鉛筆で記されている。それは元原稿とあって、言うまでもなく法外な稀覯書であり、法外な価値を生む。その価値は、そこに記されている訓戒や簡明な忠誠心とはまったく関係なく、貴重さのみにあり、そうであるからこそ、ケンブリッジの稀覯書司書はそれに魂を奪われたというわけだ。ここまでは理解したかね、ベイジル?」

「理解したような、サー、理解していないようなというところですね。そもそも、なぜそれが情報部の関心を引いているのか、見当がつきかねますし、ましてやベイジル・セントフローリアンとして知られている小物としては、ましてや〝本日の軍事行動〟を主題とする場においては、なおさらであり、さらに言うならば、なぜ将軍や高級将校の面々、そしてこの謎(なぞ)めいた教授が、よりによって、みすぼらしい飲んだくれの大尉にブリーフィングをなさっているのか」

「それはたまたま、これが裏切り者を特定する鍵（かぎ）となるからなんだ、ベイジル。書籍暗号というのを聞いたことはあるかね？」

任務

イングランドでは、占領下のフランスは陰鬱（いんうつ）で、死の宿る場所という誤った見解がひろまっていた。そこは、ドイツ軍の制服のように、どこまでも灰色になり、征服者たちが東方の蛮人のようにのし歩き、彼らに対してなにかが起これば、気まぐれや退屈しのぎやドイツ人（フン）のお楽しみ以外のなにものでもない理由で、独断的にフランス市民を血祭りにあげている。数多い秘密警察（ゲシュタポ）の牢獄（ろうごく）では、拷問の悲鳴が静まりかえった室内に鳴り響いている。ナチス党歌、〝ホルスト・ヴェッセル〟がいたるところで流され、民家にもビジネスの場にも、鉤十字章（ハーケンクロイツ）が記された大きな赤いバナーがひるがえっている。その一方、農民たちはいつもびくびくし、ブルジョワたちは恐怖にとらわれ、市民のための各施設は機能を停止し、街娼（がいしょう）すら姿を消している。

ベイジルは、そんな話は事実に反することを知っていた。それどころか、占領下のフランスはとても陽気だった。フランス人は、自分たちが征服されたことをろくに気に留めず、さっさといつもと同じく、というより、ドイツ人が新たに大きな市場を生みだしたことで、いつも以上に、元気よく仕事をしているのだ。果物、野菜、厚切り牛肉その他の食材が、あらゆる商店のウィンドウを飾り、ワインはありあまるほど（たとえ高値であれ）たっぷりとあり、街娼はとても活発に街路を歩いている。レジスタンスの活動は、あるにはあっても――それほどたいしたものではなく――学生、共産主義者、ボヘミアン、大学教授といった、いわゆる社会的少数者からなる特定のグループに限定されていた。彼らはいまのところ、ちっぽけな橋をふっとばしたり鉄道線路をダイナマイトで爆破したりという程度の成果をあげているにすぎず、そういう損害はものの数時間のうちに修復される。フランスの全土にわたって幸福感が充満していた。

　この陽気さの源泉はふたつあった。ひとつは、ドイツの機甲部隊が街路をパトロールし、すべての交差点を監視していても、フランス人はどこまでもフランス人でありつづけていること。きわめて強い自尊心に守られているために、彼らはドイツ人たちを、たんに灰緑色（フエルトグラウ）の服を着た新たな観光客集団で、カネを巻きあげて見くだす（「さあさあ、食前酒に赤ワインを！」）対象程度にしか見なさず無視しているのだ。そして、ナチの鉤（かぎ）十字が記されたシルクのバナーは、想像するほど数多くはひるがえっていなかった。

途方もない幸福感を生みだしている源泉のふたつめは、占領者たち自身だった。ドイツ人たちはチーズや料理、娼婦や名所など、フランスならではのお楽しみのすべてを愛しているというのはたしかだが、それ以上に、そこがソ連でないことをおおいに楽しんでいた。

ソ連ではないという感覚が、日々をよろこばしいものにしているのだ。いつなんどきソ連へ送られることになるかもしれないという事実が、快楽の解放を新たな高みへ押しあげていた。あらゆるお楽しみに、痛烈な憂鬱感がひそんでいた。自分はまもなく、対戦車砲の砲尾に八・八センチ弾を装塡し、雪のなかからなだれ出てくるT-34戦車の隊列に砲弾を撃ちこむことになるかもしれない。その戦闘は、摂氏零下四度で、聞いたこともなければ発音もできない町の周辺においてくりひろげられ、そこには水道水もかわいい女もまともな酒もないのだ。

そんなわけで、フランスにあるドイツ軍各部隊はあまり真剣に仕事はせず、例外はたぶん、SSの過激派だけだっただろう。しかし、SS隊員の大半はよそにいて、何十万人ものロシア系ユダヤ人を殺害することを楽しんで、おのれの激情を、怒りを、厭世感を解放し、人種的な優越感と個人的な劣等感を同時に味わっていた。

それゆえ、ベイジルは、ブリケベックのダウンタウンの街路を歩いているときに無作為な誰何にあうのを恐れてはいなかった。そこは、ソ連ではないコタンタン――別名ノルマンディー――半島の北にあるシェルブールから二十キロメートルほど南に位置する小さな町だった。この目立たない町の占領者たちは、将来的に最高の階級に昇進するはずもなく、かなり早々と駐屯兵としての生活にはまりこんでいた。彼らが春の日射しを楽しむ怠惰な犬のように、町のあちこちにたむろしている。配備された道路封鎖地点にあるカフェにいたり、いまは町の行政担当者たちがドイツ人たちが来る前となにひとつ変わらない指示を役人に下している役所の周辺にいたり、ドイツ南部のターゲットをめざして迂回していくRAFの夜間爆撃機編隊を迎撃するためにMe110の一群が配されている飛行場のところにいたりといったぐあいだ。昼間はアメリカ軍爆撃機が空を埋めつくすほど飛来するが、双発の110はそれに対応できるほどの敏捷性は持ちあわせていないので、その危険な仕事はもっと高速の機を操る若手たちに委ねられていた。110のパイロットたちはランカスターに、それほど近くはない距離まで接近して、機関砲の砲弾を空一面にばらまき、帰投して、シュナップスとバンズを楽しみながら、だれもまじめに受けとめはしない撃墜スコアを大げさに吹聴する。おしなべて、町の雰囲気は怠惰で、のんびりしていた。

ベイジルはなにごともなく、町から南へ五マイルほどの地点に降り立っていた。例によって幸運に恵まれ、農家の鶏小屋に激突して、鶏や人間をたたき起こしてしまうはめにはならず、地面から芽を吹いたばかりのじゃがいも畑のひとつに着地したのだった。パラシュートを折りたたんで、あまりぱっとしないフランス人ビジネスマン風の姿になり、すべての備品を手近の茂みのなかに隠した――地面に埋められなかったのは、ひとつには、その気になれなかったからで、さらには、シャベルの持ち合わせがなかったから、そしてまた、たとえシャベルを持っていたとしても、やはりその気にはなれなかったからだ。そのあと、彼は幹線道路に出て、五マイルを歩き、町に入ると、すぐさま鉄道駅のカフェで、卵とポテトとトマトの朝食をおのれにふるまった。

ドイツ人を見かけると、いちいち丁寧におじぎをするようにしていたから、これまでのところ、だれかの注意を引くようなことはなかった。任務遂行の唯一の条件として、ブローニング拳銃の携行を許されていたので、それを腰の後ろのところにつっこんでいたが、この拳銃はかさばらないため、スーツとオーヴァーコートを着ていれば露見することはなかった。リガ・ミノックスのカメラも持参し、左足首のモスリン地靴下の内側にストラップ留めしていた。だが、彼の最大の装備と言えるものは、度胸だった。変装していても危険はつきまとうが、ベイジルはこういう任務をとても頻繁にやってきたから、その困難さに絶望させられ、恐怖の感情にエネルギーを食いつくされることもない。想像をすっぱりと断ち切って、雄鶏（おんどり）のように闊歩（かっぽ）し、笑みと会釈をふりまき、だれにでもウィンクを送る。

といっても、目標がないわけではない。パリは鉄道を使えば半日で行けるところにあり、つぎの列車は四時発になっていて、それに乗らなくてはならないのだ。だが、SOEの偽造の天才からもらった証明書類は信用できなかった。SOEが作製した書類より、現物を、つまり旅行許可証を含む本物の書類を、自分で手に入れるようにしたほうがいい。そしていま彼は、それに該当する男を探していた。その種の書類に添付されている写真はひどく解像度が低いし、それが自分にかなりよく似ているように見えれば、目的地までのあいだに待ち受けているさまざまな監視の目を通過できるようになるだろう。

天気がよかったので、彼はあちこちをぶらついて、多少の観光を楽しんだ。やがて、自分と似ていそうな男に出くわした。黒のホンブルク帽にオーヴァーコートという身なりのブルジョア男で、いかめしい役人のような顔つきだった。だが、頬骨（ほおぼね）が高く、ノルマン系を彷彿させる鼻の持ち主というわけで、骨格はよく似ていた。実際、はるか遠縁の親類のだれかであってもおかしくはないだろう（もしわざわざその気になれば、ベイジルはセントフローリアンの家系を、いま立っている場所から百キロメートルも離れていない城にさかのぼることができただろう。そこは、一〇四四年にノルマン人の祖先がやってきたところだのなんだのという場所だが――もちろん、そんなことは彼にとってはなんの意味もなかった)。

ベイジルのスキルのなかには、スパイやエージェントにとって役に立つ、スリの技があった。その込みいった技を習得したのは、一九三七年にマレーシアの銃砲火薬類密輸業者の組織に潜入していたときだった。片目で手の速い、マロングという名の親切な年輩のごろつきが、自分を気に入ってくれ、その技の基本を実地に教えてくれた。マロングは桃の産毛だけをかすめとれるほど指の動きを鍛えていて、ベイジルは自分が有望な生徒であることを示してみせた。ベイジルは桃の産毛をかすめとれる域には達しなかったが、そこらの紳士の財布や証明書類入りの封筒を盗む程度のことはやすやすとやってのけられるはずだった。

手を隠しておき、相手の気をそらすという古典的な技を使うことにしよう。子どもだましのやりかただが、こういうフランスの片田舎なら、うまくいくのは明らかだ。ベイジルはこの日のシェルブール・ルモンド紙で左手を隠しながら、わざと街路の角のでっぱりにつまずいて、こう言った。

「きょうの友軍(レザミ)の空軍力はどんなものだろうと空を見あげておりまして」彼は上方を指さした。青い空を、多数のB-17爆撃機が白い飛行機雲をたなびかせながら、午後の空爆をおこなうためにバイエルン州のミュンヘンかどこかをめざして飛行していた。「彼らは飛行隊の増強をやめようとしていないように見えますね。しかし、いずれ戦争に勝利したとき、あの大量の航空機をどうするつもりなんでしょう?」

その紳士は、相手がわざとぶつかってきたとは思わず、大げさなことばを隠れ蓑にして、器用な指先がオーヴァーコートにとどまらず、スーツの上着のなかにまで入りこんでいることにも気づかず、歩みをさえぎった男がのばした手の先にある空軍編隊の動きを目でたどった。

「アメリカはとても裕福だから、われらがドイツの来客たちはそのうち破滅するにちがいない」男が言った。「ただ、願わくは、この国を立ち去る時が来たとき、彼らが恨みをいだいたりせず、あれこれを爆破しようという決断をしないでもらいたいものですな」

「そうであるからこそ、われわれは彼らの機嫌をとらなくてはならないというわけです」ベイジルはカモの目を見て、気をなだめてくれたことを読みとりながら、言った。「そうしておけば、いずれ彼らが休暇旅行を取りやめたとき、紳士らしくふるまって立ち去ってくれるでしょう。フランス万歳(ヴィヴ・ラ・フランス)」

「そのとおり」餌食(えじき)の男が、同意を示すそっけない笑みをかすかに浮かべ、そのあと、はるかに重要な用件に取りかかるべく背を向けた。

ベイジルはその場を離れ、ある方角へ二ブロック、そして別の方角へまた二ブロック歩いて、町の一角をまわりこみ、鉄道の駅に行った。そこの男子用公衆便所に入って、くすねたものを検品する。百七十五フランの現金、ジャック・ピエンという人物であることを証明する書類と、ドイツが発行した〝公的業務限定〟旅行許可証。そのどちらにも、ドイツ人写真家のためにポーズを取らなくてはならない屈辱感でむっとしているのが明らかなムッシュ・ピエンの、口ひげを生やした厳(いか)めしい顔を撮影した、うすよごれた白黒写真があった。

ベイジルはコーヒーを一杯飲み、だれにでも笑みをふりまきながら待ち、四時二、三分前になったところで切符売り場の窓口に近づいて、真正のムッシュ・ピエンであることを確認させてから、料金を支払って、午後四時のシェルブール発パリ行き列車の一等車切符を発行してもらった。

駅のプラットフォームに出ると、週末のお楽しみとどんちゃん騒ぎのためにパリへ向かおうとしているのが明らかなルフトヴァッフェの小さな集団がいて、フランス人は彼だけだった。やがて列車が到着した。ドイツ人たちはじゅうぶんに分別を持ちあわせていて、ヨーロッパ大陸では最高であるフランスの鉄道システムの業務を妨害したりはしなかった。機関車が煙を噴きあげ、七輛の客車を引きながらプラットフォームに入ってくる光景は、壮大な蒸気のドラマだった。ブレーキ音と鉄がこすれあう音を残して、列車がゆっくりと停止する。ベイジルは一等車がどれであるかを知っていて、ドイツ空軍の兵卒や下士官たちは集団から分かれて、二等車のほうへ乗りこんでいくことがわかっていたので、二、三人の将校たちとともに一等車をめざした。

一等車は半分ほどが空で、心地よく、彼はひとつのシートに身を落ち着けた。列車は動かず……まだ動かず……まだ動かない。そのうち、ひとりのドイツ警察官が乗りこんできて、ベイジルを含め全員の証明書類をなにごともなく点検し終えた。それでもなお、列車は発車しようとしなかった。

うーむ、これは面倒なことになりそうだ。

どこかの小物がパニックに陥って、破壊工作をやらかそうとしたのかもしれない。あのカモが証明書類をなくしたことに気がついて、警察に通報し、警察官がドイツの警察に通報したとか。彼らはその悪党がこの方角へ逃走しようとするだろうと予想して、早々と列車の発車を停止させ、いまはＳＳの部隊がユダヤ人の残党を取り押さえに来て、最後にはベイジルのもとへやってくるのを待っているだけかもしれない。

しかし、ベイジルはしかるべき工作方針を持ちあわせていて、それがいまもじゅうぶんに功を奏してくれた。まずいことのほとんどは実際には起こらない。実際には、ありふれたことが平々凡々に起こる。それが現実というものだ。

最悪の行動はパニックを来すこと。パニックは、裏切り者よりエージェントの化けの皮を剝がすことが多い。真の敵はパニックなのだ。

ようやく、列車が動きだした。

アハッ！　またうまくいった。

が、その瞬間、客車の扉が開き、遅れて乗車したルフトヴァッフェの大佐が入ってきた。その男がベイジルをまっこうから見据える。

「あそこにやつがいる！　あれはスパイじゃないか！」男が言った。

ブリーフィング

「書籍暗号というのは」ベイジルは言った。「ボーイスカウト用のものだと思っていましたよ。ベーデン＝パウエル卿（英国におけるボーイスカウトの創設者）がいたくおよろこびになるでしょう」

「実際には」とサー・コリン。「それはある種の状況においては、堅牢で、ほぼ解読が不能の、非常に有用な仕掛けなんだ。もちろん、巧妙に用いられればの話だが。この教授は暗号分野におけるわが国の専門家でね。たぶん、教授、あなたなら、セントフローリアン大尉を啓発することができるのではないだろうか」

「そうですね」ツイード・スーツ姿の若い男が言った。「当節、われわれの科学力はおおいに向上していると考えます。ひどく手間のかかる計算をやってのけ、処理を速めてくれる機械類もできています。うまくいく場合もあれば、いかない場合もありですが。いずれにせよ、書籍暗号は、聖書にも使われたほど古くからあるもので、かくも長期にわたって存続してきたことは、その適用性を裏づけるひとつの証左となるでしょう」

「理解していますよ、教授。わたしは子どもじゃないんだから」

「ベイジル、嫌みを言うのはやめなさい。この若者は可能なかぎり最善を尽くそうとしているんだ。それぐらいのことがわからないはずはないだろう」

「教授」ベイジルは言った。「では、お詫びしておきましょう。わたしは長年、ウィスキーまみれになっていましたのでね」

「お気持ちはよくわかります」と教授。「つまるところ、なんの階級も持たず、だぶだぶのヘリンボーンツイードに身を包んだわたしは、あなたにとってどういう人間なのか？　わたしはチューリングという名で、オックスフォード大学で数学をやっています、というか、このお楽しみが始まる前は、やっていました」

「よろしく、教授。どうぞ、つづけてください」

「では、そうしましょう。書籍暗号は、送り手と受け手の両者が同じ書籍にアクセスできるという前提のもとに、成立します。それゆえ、通常はありふれた本になり、ここでは、ラム著の『シェークスピア物語』を例に取りましょうか？　わたしがあなたに、たとえば、〝あの公園で午後二時に会いましょう〟というメッセージを送りたいとします。わたしはその本のページをめくっていき、〝会う〟の語を見つけだす。それは十七ページ、第四節、二行目、五つめの語となります。すなわち、わたしが作製する暗号の一行目は、17-4-2-5となる。あなたがその本を知らなければ、それは無意味なものです。しかし、その本を知り、持っていれば、すばやく17-4-2-5を見つけだし、〝会う〟の語に行きあたる。あとの文言も同じことです。もちろん、変化させることもできます。事前に取り決めを、たとえば、最後の数字はつねにマイナス2ということに、つまり数値を2減じるということにしておく。この場合、〝会う〟の語は、実際には17-4-2-7で見つけだせる。なお、解読用の本を選ぶに際しては、ありふれた本を選ばなくてはなりません。人目を引くことはなさそうな、だれが持っていてもおかしくないような本をです」

「呑みこめましたよ、教授」ベイジルは言った。「しかし、その理論を了承するとするならば、鍵となる書籍にマクバーニー尊師の『イエスへの道』という、ただの一冊しか存在せず、しかもケンブリッジ大学の図書館に厳重に保管されている本を選ぶのは、どういう趣旨なんでしょう？　それに、いまお聞きしたところでは、われわれはいまもケンブリッジ大学を管理下に置いているので、さっさとケンブリッジに行き、そのしろものを見ればよいのではないですか？　このことに、わたしのような〝本日の軍事行動〟の対象となる男は必要ないでしょう。そこらの伍長を使えばいいのではないですか」

「やはり、その点にひっかかるようだな」サー・コリンが言った。「そう、われわれはそういうやりかたでその本を入手できるだろう。しかしながら、それをすれば、送り手と受け手の双方に知られることになるし、この場合、われわれの目標は双方に知られることなく、暗号を破ることだが、われわれには、その両者がなにかをしようとしており、両者が業務の管理と代行をやっていて、なにかの作戦を遂行中であることがわかっている。そんなわけで、あいにく、伍長をその図書館に行かせるというのは不適切となるんだ」

「そういうひどく込みいった話についていけるほどわたしが聡明であればいいんですが、紳士のみなさん。もうすでに頭痛がしてきましたよ」

「諜報の世界にようこそ」サー・コリンが言った。「われわれもみな、頭痛がしているんだ。教授、どうぞつづけて」

「その図書館にある本は、事実上、ただひとりの男によって管理されています」教授が言った。「そして、彼はケンブリッジ図書館の首席司書です。あいにく、彼の自国への忠誠心は、希望され、期待されるほどのものではありません。そうではなく、別の信条に魅了されることによって高い地位に就こうという人物のひとりで、その信条に対して、心の奥底から忠実であろうとしています。彼は長年、その管理者にとって有用な〝才能発掘者〟となってきた。つまり、有望な学部学生のように見える男を選びだすということです。健全な精神と明敏な政治意識、そして上質なコネクションを持つ、そういう男たちを選びだし、彼らの出世を予見し、典型的な英国の名門の生まれの愚か者に訴求するような、ありとあらゆるたわごとを吹きこんで、彼らを諜報要員として自分の側に取りこむ。彼はわが国に破滅の種を植えつけ、数十年後にそれを開花させようとしているわけです。それ以外にも、彼は偽装組織を運営して、隠れ家を提供したり、秘密資金を分配したりというようなことをやってきました。彼は諜報工作にどっぷりと浸かっており、その信条を裏切るぐらいなら死を選ぶでしょうし、おのれの脳みそに銃弾を撃ちこむというのがありそうなことです。しかし、実際には、この種のゲームの過酷なルールによれば、現存の生きたスパイは死んで埋められたスパイより役に立つ。それゆえ、彼を不安にさせたり、悩ませたり、重苦しい気分にさせたりしてはならず、完全に手つかずにしておかなくてはならないというわけです」

「そして、その必然の成り行きとして、いかなる状況においてもその本にアクセスすることはできないと。それがどういう見かけであるかすらわからないということですね」

「一九三二年に出版された、『ケンブリッジ図書館稀覯書』という書物のなかに、その説明がされています」

「では、くだんの司書がそれを執筆したということ?」ベイジルは尋ねた。

「その説明は正しいだろう」サー・コリンが言った。「先端がきっちりしたペンを使い、手書きでフールスキャップ判紙(17×13インチサイズの印刷用紙)に記された、三十四ページから成る書物という程度のことしか書かれていない。風変わりなのは、マクバーニーがときおり福音伝道者のよろこびに心を奪われ、その余白のあちこちに十字架をちりばめて、クリスチャンとしてのあらゆるものを愛していることを主張している点かな。どうやら、マクバーニー師は宗教的恍惚(こうこつ)状態に身を委ねていたらしい」

「そして、その司書は不可侵のセキュリティを施している」提督が言った。「いずれ時が至れば」とつづける。「わたしは心からのよろこびとともに、きみのクリケット・バットでその男をぶん殴ってやるつもりなんだ、大尉」

「あいにく、わたしは血なまぐさいことはしたくないですし、そういうことは上海に置いてきました。ここまでに自分にも理解できたと思えることを要約しましょう。なんらかの理由で、彼らは、一七六七年に出された本へのアクセスを管理しているケンブリッジ図書館司書を引き入れた。推測するに、彼らはたぶんセキュリティ上の理由で、司書自身には解答を見つけられない暗号化されたメッセージを送り、それとともに、ひとりのエージェントをロンドンに派遣した。やがて安全が確保されれば、その男は腐った林檎である司書に接近し、暗号の解読法を知らせる。腐った林檎はくだんの原稿のところに足を運んで、暗号を解読し、得られた解答をそのナチのスパイに教える。それは堅実な工作でしょう。無線傍受をうまく回避でき、いまおっしゃったように、両者のつながりそのものに強い疑念の目が向けられないかぎり、発覚することはない。そして、メッセージが解読されれば、その工作中のスパイは任務を継続することができる。そのようなことですね？」

「おおむね」サー・コリンが言った。「基本的にはそうだ。きみは要点を理解し、大胆に結論した。しかしながら、まだプレイヤーたちのことは正しく呑みこめていない」

「では、われわれには、わたしはまだ呑みこめていないだけで、別の敵国がいるというわけですか？」ベイジルは言った。

「まさしく、そして残念ながら、そのとおりだ。ソ連邦。これはすべて、ドイツではなく、ソ連の工作なんだ」

「それが、いささかことをややこしくしているんです」教授が言った。

任務

「あれはスパイじゃないか！」

ベイジルの胸中にパニックがきざしたとしても、彼がそれをあらわにすることはなかった。とはいえ、その心臓は、硬いドイツの鉄釘(てつくぎ)がたたきつけられるように、激しく胸を打っていた。自殺薬(レピル)のことが頭に浮かんだが、それはライサンダーのところへ向かう途中で捨てていた。つぎに、拳銃のことが頭に浮かんだ。それを抜けば、自分に向けて撃つ前に、やつらの二、三人を倒せるだろうか？　少なくとも、あの意地悪そうなドイツ野郎だけは殺せるだろう――が、そう思ったとき、そんな性格づけをしたことで、愉快と言っていいような気分になってきた。

「きみはスパイにちがいない」大佐が楽しげに笑いながら、彼のかたわらにすわった。「なにか華々しい秘密任務のために出かけるのでないかぎり、口ひげを剃(そ)ってしまったりはしないだろう？」

　ベイジルは、たぶん大きすぎるほどの笑い声をあげたが、胸のなかではまだ心臓が早鐘を打っていた。それでも、作り笑いで胸中に吹き荒れる恐怖を隠しおおせ、相手と同じように冗談を飛ばせる状態には戻れた。

「あ、このこと？　冬になると、妻の肌が乾燥し、とても敏感になるので、わが美女が野獣の剛毛から逃れられるよう、いつも冬場の二、三ヶ月は、ひげを剃るようにしているんですよ」

「剃ると、若く見えるようになるんだな」

「そうですか。どうもありがとう」

「じつを言うと、きみを見つけて、とてもよろこんでいるんだ。最初は、きみではないと思ったんだが、すぐに、あれはピエンだと思った。この街で唯一のホテルのオーナーを誘拐し、替え玉を後釜に据えようとしている、ピエンなんだろう？　イギリス人はそんなことができるほど利口じゃない」

「彼らの唯一、得意なことは」ベイジルは言った。「ツイードを織ることですね。英国製のツイードは世界でいちばん上質です」

「同感、同感」大佐が言った。「こんな状況になる前、わたしはとても頻繁にあそこへ旅したもんだ。業務でね」

徐々に明らかになったところでは、この第一次世界大戦時に飛行士だった大佐は、ベルリンに本社を置き、遅くとも一九三三年までに英国市場に参入することを夢見ていたヘアトニック・メーカーの代理人だった。大佐は、ラノリン・ベース系のヘアクリーム類を扱う大手百貨店のどれかの関心を引ければと願っていたが、その市場は統制されており、ブリルクリーム（男性用ヘアクリームの商標名）を製造する英国企業の強い影響力によってドイツの商品がずっと閉めだされてきたことを知って、肝をつぶした。

「想像できるかね」大佐が言った。「二〇年代に、英国紳士の髪の毛をなめらかにする商品の優位性をめぐって、ドイツと大英帝国のあいだに巨大な戦闘がくりひろげられていたとは？　われわれの製品は英国のべたべたした商品より、はるかにすぐれている。というのは、われわれの製品はアルコールを含んでおらず、ブリルクリームにはアルコールが髪の毛を乾燥させ、光沢を失わせるという化学的欠点があるからだ。だが、なんにせよ、英国のパッケージ・デザインが勝利をおさめていたことは認めねばなるまい。われわれとしては、商品の謳い文句（スローガン）は言うまでもなく、そのパッケージ・デザインが英国紳士の想像力を喚起するというのは、思いもよらないことだった。ドイツ語自体が、スローガンに向いていないんだ。スローガンに関しては、われわれの試みはばかばかしいものにならざるをえない。われわれはまじめすぎるし、われわれの言語は肉汁に浸されたじゃがいものようなもんでね。なんの華やかさもない。われわれに思いつけた最善のスローガンは、〝わが社のトニックはとてもいい〟だった。つまり、われわれはウッドハウス（軽妙なユーモアを持ち味とした英国人小説家）ではなく、ニーチェの世界にいるというわけだ。まあ、なにはともあれ、ヒトラーが権力の座に就き、空軍力が再生されると、ヘアオイル・ビジネスどころではなくなり、また操縦席に戻ることになったんだが」

わかってみると、この大佐は――名前は、ベイジルには最後までつかめなかったが――生まれついてのおしゃべり男だった。いまは三日間の休暇を取って、妻に会うためにパリへひきかえす途中で、それは〝わたし自身が言うのもなんだが、もらえて当然の休暇〟ということだった。すでにリッツ・ホテルと何軒かの四つ星レストランに予約を入れているという。

ベイジルはすばやく考えをまとめた。自分に証明書類をくすねられたあの男は、占領軍に協力する大物かなにかで、ドイツの高級将校の全員に取り入り、おそらくは占領軍の仲間になることによって大金を稼ぐ機会を得ようとしているのだ。さらに明らかになったところでは、このドイツの間抜け男はおべっかを使う相手に軟弱で、書類をくすねられたフランス人のお世辞たらたらのふるまいを本心からのものと誤解していて、生まれのよいフランス人たちのなかに真の友を得ることを強く熱望していた。ベイジルは、本物のムッシュ・ピエンがこれまでになにかをしゃべっていた場合に備え、身の上話の詳細は最小限にしようと自分に言い聞かせつつ、この間抜け男と六時間にわたっておしゃべりをつづけた。なんであれ、すでに語られたことと矛盾する話はしないようにと。

やってみれば、むずかしい点はまったくなかった。このドイツ軍大佐は、身の上話をする衝動に駆られるなかで、自我が恐ろしく肥大していることをあらわにしたからだ。大佐は、だらだらと長話をするうちに、事実上、これまでの人生の物語をベイジルに打ち明けることになった。ゲーリング（ドイツ軍最高位の国家元師）の強欲さや、ランカスター爆撃機に近づいたときの夜間戦闘機パイロットの怠惰さ、ソ連に攻撃をかけるヒトラーの狂気といった裏話をした。大佐は、妻をとても恋しく思い、シュトゥーカ（ドイツ空軍の単発複座急降下爆撃機）の操縦士をしている息子の身を案じ、文明的なヨーロッパ諸国がたがいの首を絞めあっていることを悲しんでいたが、なにはともあれ、最終的にどの国が勝利するにせよ、ユダヤ人は根絶やしにされるだろうと考えていた。彼が所属する基地と、指揮を執る夜間戦闘航空団第九飛行隊（ナハトヤクトゲシュヴァーダー）にまつわる〝内部〟情報を漏らし、ソ連攻撃のための絶えざる兵員増強のために、兵站や通信、そして保安の人員が枯渇し、空軍には搭乗員と整備士の基幹要員しか残っていないのに、それでもなお、彼らはルフトヴァッフェ司令官から、ベルリンへの夜間空爆をやわらげるために、さらに英国軍（トミー）の爆撃機を撃墜せよという重圧にさらされていることを明かした。トミーが、その残虐な戦術が、いまいましい！　この男は自己陶酔していて、大都市パリを行き来するほかのドイツ軍将校たちに自分の存在を気づかれることはないと考えているようだった。文明の安楽さに慣れきって、戦争が進行していることをほとんど忘れているように見えた。

　パリに着くと、実際にナチのバナーが正面に掲げられた建物は数少なく、そのひとつは、第十六区（アロンディスマン）のギィ・ド・モーパッサン通り（リュ）に面した、もとは保険会社の本社が置かれていた建物だった。あるにはあっても、バナーの数は実際にはたいしたものではなく、五階の壁から突きだしたポールにひとつがだらんとぶらさがっているだけだった。建物の新たな占有者たちはだれひとり、そのことをろくに気にかけていなかった。そこはアプヴェーア、すなわちドイツ軍情報部のパリ地区における公式司令部であり、カナリス提督によってベルリンからたくみに管理され、ヘル・ヒトラーに熱狂しているわけではないということで名声を博しつつあった。

　そこにいるのは、ほとんどがたんなる警察官だった。そして、その新たな司令部に配属されたひとびとは、いかにも警察官らしい属性を持つようになっていた。胃もたれ、煙草（タバコ）の吸いすぎ、安っぽいスーツ、だらしない足運び、なににについても、とりわけ人間性について、さらに言えば、〝名誉〟、〝正義〟、〝義務〟といった概念についての、根深い冷笑的な態度。それでも、彼らはひとつの主義だけは熱心に奉じていた。ソ連には関わらないことだ。

「さて、どんな情報が入ってきたかを確認してみよう」パリ支部Ⅲ-B部門（防諜）主任、ディーター・マハト大尉（ハウプトマン）が、午後三時の日次幹部会議の場で、クロワッサンにやんわりとバターを塗りながら言った。彼はクロワッサンを愛していた。さまざまな要素がこれほど絶妙なバランスで配合された食品はほかにない。めくると、しっとりした中身のようなものが現れる皮の精妙さ、その薄さ、なかのパンの甘やかさ。その全体が、ハムに目がなく、クリームに取り憑（つ）かれているドイツのパン職人ではけっして太刀打ちできない、すばらしい創造物だ。

「うむ」フランス全土から送られてきたさまざまな報告書をめぐりながら、彼はつぶやいた。そこには、彼のような元刑事ばかりが十五名いて、全員が彼と同様、くたびれた平服を着こみ、全員が彼と同様、9ミリ・クルツを用いる手入れのされていないワルサー拳銃を腰のホルスターにだらしなく装着し、彼の判断を待ち受けていた。彼は第一次大戦における飛行士であり、実際に本物のエースであり、その後は、今回の戦争が始まるまで、ハンブルク警察殺人課のスターだった。彼は、見たところ関連のなさそうな事件のパターンを見分けることにかけては鋭敏だとの名声を得ていた。Ⅲ・B部門による逮捕件数の大半は、マハト大尉の明晰な推論がもとになっているのだ。

「よし、これは興味深い。きみらはこれをもとになにを読みとるかな？　ここから東へ四十キロメートルほどのシュル・ラ・ガーヌにおいて、マキ団の側近につながることが知られている男が、この早朝、ひとりで自宅へひきかえすところを目撃されたように思われる。だが、昨秋、われわれがピエール・ドゥメーヌを逮捕し、ダッハウ強制収容所へ送って以後、この地区においてマキ団はなんの活動もしていないんだ」

「たぶん」副官のヴァルター・アベル中尉が発言する。「彼はなにかの会議に出ようとしていたところで、彼らが活動を再開させようとしているということでしょう。ひとりの大物をとらえても、彼らを抑えこんでおくのはほんの短期間しかできないですからね」

「会議をやるならもっと早くから始めるだろう。フランス人は眠るのが好きだ。なにしろ、彼らは一九四〇年には年中眠ってたようなもんだ。夜中にマキ団を目覚めさせた任務とは、どのようなものか？　だれか意見は？」

　だれも意見を述べなかった。

「英国のエージェントが潜入している。フランス人は英国人(ブリット)と協力するのが大好きだ。英国人は彼らにとてもたくさんの装備を与えてくれるし、それらは、のちに闇市場で売りさばいたり、戦後、国内の敵対者に対して用いたりすることができるからだ。そんなわけで、彼らはつねに、ＳＯＥの支援によろこんで飛びつく。ＳＯＥは、断るのはもったいないほどの支援をしてくれるからね。そして、このような潜入は未明もしくは早朝におこなわれるだろう」

「ミサゴ(ＯＳＰＲＥＹ)から、なんらかの任務指示は来ていますか？」アベル中尉が、アプヴェーアは敵国の内部にとても正確な情報源を持つことを思いだして、問いかけた。

「いや、親愛なるＯＳＰＲＥＹからは、われわれの通常作戦領域における確認情報はなにも来ていない。だれか、天才的な解釈ができる者はいるか？」

「そのエージェントは怖じ気づいたのでは？」だれかが意見を述べた。「なんといっても、ダッハウへ送られるはめになる可能性が高いですし、もしＳＳに捕まったら、アウシュヴィッツ送りになりますからね」

「まさにそのとおり」マハトは言った。「しかし、たぶん、それは逃げ腰になったのではなく、明晰な行動だ。そいつは、うまくいく見込みは低いことを理解し、成功をおさめるための別の方法を試そうとしたんだろう。そして、わたしの見込みちがいでなければ、シェルブール郊外にあるブリケベック近辺の農民から、その同じ夜になにか苦情が来ているはずだ」

「あそこには夜間戦闘航空団の基地がありまして」アベルが言った。「夜間にも絶え間なく航空機が出入りしています。それはありえないでしょう」

「あの夜は、敵機の来襲はなかった」マハトは言った。「敵の爆撃機編隊は、南部のバイエルンではなく、プロイセンへ飛行していった」

「そのことからどのような意味を読みとっておられるんですか？」

「なんらかの理由で、その男はシュル・ラ・ガーヌの地方組織を、もしくはレジスタンスそのものを、信頼していなかったと推測される。あるいは、こんな考えが許されるものなら、ことによると、そいつはＯＳＰＲＥＹの能力をよく心得ていて、どこか別のところへ降ろすようにとパイロットに指示したとか？」

「そうは思いませんね。もしそういうことであれば、彼らは情報源であるＯＳＰＲＥ

Yに揺さぶりをかけていたはずです。彼らがOSPREYの存在を推測していた証左はありませんし、理論的にもそれはありえないことです」

「さらに言えば」別の男が発言する。「ライサンダーをどこかそこらへんに着陸させるわけにはいきません。着陸の用意をし、計画を立て、トーチで照らしておく必要があります。つまり、われわれの探索に対して、ひどく無力というわけです」

「ブリケベックにおけるこのできごとは、エンジン不調や急降下の音ではなく、轟音だったと記されている」マハトは言った。「轟音は、パラシュート降下ができる高度へライサンダーが上昇したことを意味するだろう。あの種の機は五百フィートの高度を飛行するのが通常で、エージェントがそこから降下をすれば、脳みそや骨がぐしゃぐしゃになるのはまちがいない。そこで、その航空機は上昇し、そいつは離脱して、いまこの地にいるというわけだ」

「なぜそいつは、敵国の領土へ夜間に降下するという危険を冒したんでしょう？　ゲシュタポの前庭に降り立つことになるかもしれません。親衛隊少佐（シュトゥルムバンフューラー）のフォン・ボッホがたいそうよろこぶことになるでしょう」

じつのところ、アプヴェーアの刑事たちは、英仏の連合以上にフォン・ボッホを毛嫌いしていた。彼が自分たちをソ連へ送ることになるかもしれないからだ。

「その問いはきみに投げかえそう、ヴァルター。いまも眠気に誘われて機能不全に陥っているその脳みそを揺さぶって、なにか仮説をひねりだすんだ」

「わかりましたよ。あなたのように、常軌を逸したふりをしてみましょう、ディディ（ディーターの愛称）。そのまぼろしの英国人のエージェントは、とても明晰で、とても慎重で、とびきり優秀だと想定しましょう。そいつはマキ団を信頼せず、そもそも信頼すべきではなかった。つまり、逮捕される確率が高いことを予見していた。そこで、そいつはおのれの即興で動いた。ただたんなる悪運によって、乗っていた航空機がブリケベック近辺の牛どもを目覚めさせ、飼育者の農民が苦情を言いたてたために、そいつはまさしく、われわれには正確に知られたくなかったことを知られてしまうはめになった。これなら、あなたと同じくらい常軌を逸しているんじゃないですか？」

マハトとアベルはのべつ問いを投げあっていたが、どちらも相手の言い分にあまり与(くみ)しなかった。マハトは以前から、非ソ連派の人間らしく、ソ連行きを懸念(けねん)していて、その一方、若いアベルは家族がいいコネを持っているおかげで、スターリンが繰りだす無数の戦車やスラヴ人の大群、そして恐ろしい雪がもたらすすべてから身を遠ざけておくことができそうだった。

「じょうでき」マハトは言った。「わたしもそのように読みとったよ」

「いくつか電話をかけてみましょう」アベルが言った。「なにか異常なことが起こっていないかどうか、たしかめてみます」

長くはかからなかった。ブリケベックを含む県の警察官が、その日の事件報告書をアベルのために読んでくれた。それによって、著名な対独協力者であるビジネスマンが証明書類を盗まれたと通報していたことがわかった。その男は闇市場でガソリンを販売したかどで逮捕されたものの、自分の身元は明かそうとしなかった。手荒い扱いを受けたあと、ようやくその身元が明らかになり、その男はベルリンに不平を申し立てるつもりだと毒づいた。自分はドイツ帝国の支援者であり、その占領者たちからもっと敬意をはらわれるべきだと主張した。

その男の名はピエンだと、アベルは教えられた。

「ふむふむ」論理的な男、マハトは言った。「もしそいつが本来はシュル・ラ・ガーヌに行くつもりだったとすれば、その最終目的地はすなわちパリになることは明らかなように思われる。だとすれば、実際、ブリケベックやシュル・ラ・ガーヌにたいした用はなかったはずだ。さて、そいつはどのようにしてここにやってくるだろう?」

「鉄道が唯一の手立てであることは明白です」

「そのとおり」マハト大尉は言った。「シェルブールからの列車が到着する時刻は？　それを迎え待ち、ムッシュ・ピエンのものである証明書類を持って旅をしている人間がいるかどうか確認しよう。本物のムッシュ・ピエンはわれわれがそれを取り戻すのを期待しているにちがいない」

ブリーフィング

「わたしはずっと誤情報を伝えられていたんでしょうか？」ベイジルは言った。「われわれはソ連と戦っている？　ソ連は友好国だと思っていたんですが」

「ことがそれほどわかりやすければいいんだがね」サー・コリンが言った。「だが、けっしてそうではない。そう、ある意味、われわれはドイツと交戦し、ソ連と友好関係にある。その一方、スターリンという男は悪臭ふんぷんの狡猾な畜生野郎であり、人間はすべて、おのれの複製物のようなもので、冷血で残忍だと見なしている。わが国があるレベルで彼と友好関係を結んでいたときですら、彼は別のレベルでわが国をスパイしていた。そして、われわれは彼が極悪人であることを知っているから、やはり彼をスパイしている。そのすべてが別々の部門でなされているんだ。つねに正直であることは、ときにえらくむずかしいものだが、この部屋にいる人間は全員がひとつのことについては同意している。ヘル・ヒトラーの細首にぎゅっとロープを巻きつけた瞬間、つぎの戦争が始まり、それはわれわれ西側と彼ら東側との戦いになるということだ」

「いささか気の滅入る話ですね」ベイジルは言った。「ひとつを成し遂げても、それはつぎの争いの時代への幕を開けるだけになると考えるというのは」

「それがこの世界の悲惨なありようということだ。だが、ベイジル、このことを知れば、きみも満足がいくだろう。われわれがきみのためにお膳立てしたこのちょっとした冒険は、実際にソ連の助けになるものであり、その結末は彼らを害することにはならないはずだ。もちろん、われわれの利益になることもたしかだ。とにかく、われわれはソ連のひとびとがある種の真実を知るように手を貸す必要がある。スターリンがさまざまな心の病を持つ妄想的人物だという真実をね。彼らはそこから目をそらしているんだ」

「いいかね」陸軍の将軍が言った。「わが国が第二戦線を開けば、スターリンはわれわれをはるかに強く信頼するようになるだろう。彼は、北アフリカ戦線におけるわれわれの戦いについては、わが国の損失は彼の国の五十分の一にすぎないということで、重視していない。彼は、フランスの海岸で虐殺されるわが軍の兵士の数が、スターリングラードの街路で虐殺される彼の軍の兵士の数に迫ることを欲している。そうなれば彼は、われわれがこの同盟関係に本気になったと考えるようになるだろう。しかし、ヨーロッパにおける第二戦線は長期に、おそらくは二年間にもおよぶはずだ。その前に、膨大なアメリカ兵と物資がこちらに来ていなくてはならない。それまでのあいだ、われわれには手探りとごまかし、不和と誤解がつきまとう。この構図にぴったりと当てはまるのはきみだと、われわれは期待している。いまから二日間ほどつづく、この忌まわしい会議の結論からきみが知るであろう職務は、闇に光を点じ、手探りとごまかし、そして誤解に終止符を打つことなんだ」

「わたしが助けになれればとは思いますが」ベイジルは言った。「わたしの専門はあれこれをぶっこわすことでして」

「今回はなにもぶっこわすことにはならない」サー・コリンが言った。「われわれがあることを解釈する助けになってくれるだけでいいんだ」

「それでも、無制限の質問を許可されているということなので、お尋ねしなくてはなりませんね。どうして、あなたがたはそのすべてを知ったのか?」ベイジルは言った。

「いまの話では、スターリンはひどく妄想的で、精神的に不安定であり、われわれを信頼せず、われわれのスパイまでやっていて、あなたがたはそんなスパイの存在を知ったうえで、そいつをよい地位に就かせ、推測するに、くだんのばかげた書籍暗号という方法によって身分証明書が送られたことまで知っているというのに、まさにそこのところで、あなたがたの事実認識は停止している。わたしはそれに関してなにも言えないほど、困惑しきっています。あなたがたはとても多くのことを知っているのに、そこでぴたっと認識を停止している。思うに、あなたがたはもっといろんなことを知っているのではないでしょうか。これでは頭が混乱するだけで、どうにもなりません」

「わかった。では、説明しよう。われわれが派遣を提案した相手はきみなので、きみには知る権利があると考える。提督、これはきみの戦果なので、あとはお任せしよう」

「ありがとう、サー・コリン」提督が言った。「きみの任務が繁忙になった一九四〇年の時点では」と提督が切りだす。「きみはおそらく、世界でより小規模の戦争のひとつが起こっていることに気づいてもいなかったはずだ。いま、われわれはヨーロッパにおいてドイツと、そしてその電撃作戦(ブリッツクリーク)と戦い、日本は中国と戦い、ムッソリーニはエチオピアで戦っており、おそらくわたしが言い残した戦いがほかにいくつもあるだろう。一九四〇年は、戦端を開くのにきわめて好都合な年だったのだ。しかしながら、もしタイムズ紙のささいな記事をチェックすれば、一九三九年十一月にソ連がフィンランドに侵攻したことがわかっただろう。両国の国境は一九一七年以来、紛争の種になっていた。ソ連は絶好の機会と予想して、フィンランドの十倍にのぼる軍勢を送りこんだが、フィンランドは冬季戦にまつわるきわめつきに痛烈な教訓を彼らに施し、一九四〇年の序盤には凍死した死体が巨大な山をつくった。四ヶ月にわたって冬将軍が吹き荒れ、何マイルもの凍ったツンドラで何万人もの兵士が死ぬことになった。だが、最終的には、共産主義者にとって人間の生死などはなんの意味もないので、ソ連はフィンランドを制圧し、少なくとも、いい言いかたをするならば、平和を押し進める領域を拡大した」

「そのことはほんの少し、耳にしたように思いますね」

「けっこう。きみが耳にせず、だれも耳にしなかったのは、赤軍がフィンランドによって高い代価を支払わされて構築した円蓋陣地(バンカー)のなかで、なかば焼けた一冊の暗号書が発見されたことだ。いま、われわれ西側陣営はフィンランドを見棄てているから、あの国はドイツ第三帝国に支援され、そこから物資の供給を受けて戦っている。もしきみがその戦争の写真を目にしたら、フィンランドはドイツからヘルメットを購入しているので、それらの兵士は占領下のスターリングラードから送られてきたドイツ兵だと思いこんでしまうだろう。つまりだれもが予想できるように、暗号書という、じつに価値の高い情報財は、たとえなかば焼けていても、すぐにドイツの手に渡る結果になると、だれもが予想するだろうというわけだ。

しかしながら、われわれはフィンランド国内にきわめて優秀な男をひとり確保しており、彼がどうにかしてそれを入手した。ソ連は、それは焼けてしまったと考え、ドイツはその存在すら知らない。半分の暗号でも、なにもないよりはいいし、実際、それは、なにもないよりはるかにいいことであり、事実として、ほぼ全部があるに等しい。なぜなら、この若き教授、チューリングのような聡明な男なら、その文言の大半を解読できるからだ」

「わたしはそれにはまったく関わっていません」教授が言った。「ブレッチリー・パークには、わたしがそこの一員になる前から、とても有能な男たちがいたんです」

ブレッチリー・パークとは、とベイジルは思った。いったいなんなのだ？

「そこで、われわれは一九四〇年以来、ソ連の低レベルから中レベルの暗号の大半を解読してきました。その結果として、ケンブリッジ大学の司書や、その他数人のやっかいな男たちの存在を把握したというわけです。彼らは英国高教会用語(ハイ・アングリカン)に流暢(りゅうちょう)で、ティーカップを持つ場合は小指をどうすればよいかを心得ているような連中ですが、われわれ英国人(ブライティ)がみな共産主義者(レッド)になり、われわれのような人間は労働者階級に対して犯した罪によって、壁際に立たされ、銃殺されることを欲しているんです」

「そんなことをされたら、ズボンの折り目がだめになるだろうね。それはさておき、会議をさらに進める前に、自分の頭を整理するために、ここまでの話を要約させてもらってもいいだろうか？　状況と説明、そして複雑さの意味合いが把握できるようにするために。わたしが正しく意味合いがつかめるようにしようじゃないか」

「そうしてください」

「きみらはソ連の暗号法を解読することにより、高度に安全が確保され、入念に保護された書籍暗号がソ連に協力しているスパイの手中にあることを知った。それには、政府機関のどこかにいる、きわめて地位の高い英国人売国奴の名が含まれている。いずれその人物は姿を現し、ケンブリッジの司書に暗号を教え、公式文書を与え、司書はトマス・マクバーニー師の『イエスへの道』を取りだすことになり――いや、待った、ソ連自体はどうやってそれを手に入れるのか――おっと、わかってきたぞ。すべてのつじつまが合ってきた。われわれとはちがい、司書にとっては、その書籍の写真複写を取って、ソ連政府へ送るのは、容易なことなんだ」

「内務人民委員部（NKVD）へ。そう呼ばれているところへ」

「その部のことは、わたしも聞いたことがあると思う。つまり、司書は迅速（じんそく）にその名を解読し、それを新たなエージェントに知らせ、たぶんエージェントは、教授が口を滑らしてはいけなかった、その謎めいたブレッチリー・パークで、その人物とコンタクトし——」

「へまをやらかしたな、教授」サー・コリンが言った。「今夜は、きみにはポリッジ（オートミールや穀類を水か牛乳で粥状にしたもの）を与えないことにしよう」

「恥じ入っています」教授が認めた。

「そして、わたしは、なにかはわからないが、どこかで、じつに剣呑で意外な行動をすることになっているが、それによって、あなたがたはブレッチリー・パークにいるスパイの身元を確認できるようになると」

「そのとおり。要点がつかめたな」

「そのあと、あなたがたはその人物を逮捕する」

「いや、むろん、そうはしない。それどころか、その人物を昇進させるだろう」

任務

大佐にとっては残念なことに、パリへの旅は、列車が途中のすべての駅に停止しても、たった六時間のもので、彼は身の上話を一九一四年にまでしかさかのぼれなかった。それは途方もなく魅力的な話ではあった。彼の母親（ムッター）は息子が飛行学校に進むのを望んでいなかったが、彼は一九一二年にミューレンベルクで見た、ちっぽけな飛行機械が輪を描いたり、スピンしたり、急降下したりする光景に――彼はベイジルにそれをつまびらかに語った――すっかり魅了されていて、断固として譲らず、飛行士になったのだった。

ベイジルにとって、この旅は、マドレーヌ通り（リュ）一三番地のゲシュタポの監獄に閉じこめられたどころではない気分にさせられるほど苦しいものになったが、ようやく車掌（しゃしょう）がやってきて、「五分後に、終点のパリ、モンパルナス駅に到着します」と大声で告げた。

「いやあ、とても楽しいひとときを過ごせてもらった」大佐が言った。「ムッシュ・ピエン、あなたは会話の名手で――」

この六時間のあいだにベイジルが発した語は、たぶん五つ程度のものだったろうが。

「――この政治だの侵攻だの戦争だのといったごたごたを超えて、ひとりのフランス人と真の友になれて、しあわせな気持ちにさせられたよ。もしドイツ人とフランス人が、われわれがなったように友人どうしになれれば、世界はどれほどよくなることかと思うよ」

ベイジルは六つめと七つめの語を口にした。

「ええ、たしかに」

「しかし、よく言われるように、すべてのよきものごとには終わりがある」

「それはそうですね。さしつかえなければ、大佐、ちょっと失礼させてもらってよろしい？　わたしは小用を足す必要があり、この一等車の便所のほうが駅の公衆便所より好ましいので」

「ごもっとも。実際、わたしも、ムッシュ、あなたにご同行して――いや、そうもいかないか。わたしは書類をチェックして、すべてがきちんとととのっていることを確認するとしよう」

そんなわけで、ベイジルは、つかのま訪れた静けさとともに、いくぶんの行動の自由を得ることができた。大佐の思い出話のなかに——一九一一年か一二年のアンティーブ岬への休暇旅行の際のことのように思われるが——本物のムッシュ・ピエンが明確な対独協力者となり、ドイツに害をおよぼさない道を進むようになったことを思わせる部分があった。ピエンは公式の証明書類をなくしたことを報告しただろうし、その通報は、ドイツ軍の防諜能力からすれば、すでにパリに伝えられているだろう。つまり、ピエンの証明書類はにわかに危険物となったのであり、成りすましがばれたら、自分はダッハウ送りになるか、壁の前に立たされるかになるだろう。

ベイジルはぎこちない足取りで、車輛の通路を歩いていき——ありがたいことに、一等車は、座席がぎっしりとしつらえられている狭苦しい二等車とはちがっていたので——すんなりと便所に行き着くことができた。歩いていくあいだに有望そうな人間を吟味していると、ほとんどは放蕩な週末をすごすべく駐屯地をあとにしてきたドイツ軍将校たちだったが、彼らのあいだに、少なくとも三人のフランス人ビジネスマンが行儀よくすわっているのが見てとれた。彼らはドイツ人たちに怯えて、身を固くしていたが、どうしてもしなくてはならない用事かなにかがあって、この列車に乗ったのだろう。ベイジルの年齢に近い男はひとりしかいなかったが、ベイジルとしてはこれまでやってきたようにこの事態に対処するしかなかった。

便所に入ると、彼は内側からドアをロックし、すばやくムッシュ・ピエンの証明書類を取りだして、くずかごの汚らしいティッシュペーパーのあいだに書類をつっこんだ。もっと用心深いやりかたは、書類を細かく引き裂いて、便器に流してしまうことだろうが、そこまで用心深くするだけの時間はなかった。そのあと、彼は水で顔を洗い、指で髪の毛をかきあげ、濡れた顔をぬぐってから、便所を出た。

右側、四列めの座席。スーツ姿で、いくぶん飽き飽きして、いらだったような顔をしている男。ほかのところへ目を向けると、乗客たちは行く手に待ち受ける検問の厳しさに備えるべく、あわただしく動きだしていた。戦時には、そういう不便さがつきまとうものだ。

ベイジルは、線路を走る列車の揺れで足もとがおぼつかないように見せかけながら通路を歩き、二度、よろめいたようなふりをした。そして、右側四列めの座席にたどり着くと、わざと膝(ひざ)をがくんとさせ、パニックの悲鳴を漏らしながら、ぶざまに倒れこんで、下にいる男の肩に左手をついて身を支え、それでもなお、ぶざまに大きく倒れこんでいった。それは総じて、コントロールを失った体がたまたま、よくコントロールされた別の体にぶつかったように見えただろう。

のだ。

相手の男はひどくいらだっていたせいで、ベイジルの手がその上着の内側へ入りこみ、証明書類を盗みとったことに気づかなかった。先に左肩にかかった圧力がひどく強かったため、それよりはるかに刺激が弱い〝スリ〟の感覚が脳に伝わらなかったのだ。

ベイジルは身を起こした。

「まことに、まことに申しわけない」

「おいおい、もっと気をつけてくれなくては」カモにされた男が言った。

「そうしますよ」とベイジルは言い、ふりかえると、大佐が通路の三フィートほど先にいて、よく見える位置からいまのひと幕を目撃していたことがわかった。

マハトは秘密野戦警察(フェルトポリツァイ)の部隊に応援を要請し、プラットフォームから乗車用と降車用の改札が並んでいるドーム屋根の広大な駅構内へつづくゲートのところに検問所を設置し、列車が轟々(ごうごう)と乗り入れてくるのを待ち受けた。だが、あいにく、轟々と乗りこんできたのは、ヒキガエルのようなナチの真の信奉者であり、野心満々にその黒の制服姿でどこにでもやってくる彼の宿敵、SS少佐のフォン・ボッホだった。

「またやらかしたな、マハト」興奮のあまり、あたりに唾を撒き散らしながら、ボッホがどなりつけた。「なにか逮捕につながる行動があった場合は、わたしに通知せねばならないという規定があることは知っているだろう」

「親衛隊少佐殿、あなたの当番兵の伝令簿を確認されれば、この午後十時半に、わたしが通報したこと、そして逮捕の可能性を知らせる通知が残されていることに気づかれるでしょう。あなたの当番兵の通知体制の効率性に関しては、わたしは責任を負いかねます」

「わたしに通知が届かなかったのだろう。なぜなら、言うまでもなく、わたしはユダヤ人に対する行動を監督する任務に従事しており、オフィスにすわってコーヒーを飲んだり煙草を吸ったりしているわけではないからだ」

「重ねて申しあげますが、わたしはあなたの業務スケジュールに関しては責任を負いかねます、親衛隊少佐殿」もちろん、マハトはフォン・ボッホのオフィスに内通者をかかえているから、昼夜を問わず、SSの男たちがどこにいるかを正確に把握している。フォン・ボッホがいつものようにユダヤ人狩りに出かけていたことはわかっていた。唯一の計算ちがいは、その種の作戦に失敗するのが通例であるフォン・ボッホが、予想していたより早くひきかえしていたことだった。そして、もちろん、フォン・ボッホが失敗するのは、マハトがいつも、摘発がおこなわれることを事前にユダヤ人たちに通知していたからだ。

「なんにせよ、その結果に変わりはない」フォン・ボッホが言った。たんにフォン・ボッホが、ではなく、大尉であるマハトより階級が上の少佐が言ったのであり、しかもSSは総統（フューラー）の信頼を得ていて、アプヴェーアはそうではないから、いかなる対決においてもSS隊員のほうが権威を持つことになるのだ。「報告してくれ。そのあと、わたしがこの場を取りしきることにしよう」

「すでにわたしの部下たちが配置に就いており、この段取りを崩すのは効果的ではないでしょう。逮捕が執行されたら、まちがいなくSSにも参加してもらうことにします」

「ここでなにをしようというのだ？」

「シェルブール郊外のブリケベックにおいて、航空機の活動がありました。単発の単葉機がパラシュート降下高度へ急上昇したのです。それは英国のエージェントの出現を示唆（しさ）しています。そのあとブリケベックにおいて、ある男の、旅行許可証を含む証明書類が盗まれました。もし英国のエージェントがブリケベックに現れたとするならば、その目的地は明らかにパリであり、最短の移動手段は鉄道となるでしょうから、われわれはシェルブールからパリへの夜行列車を待ち受け、レストランとホテルのオーナーであり、ここパリにおいて帝国(ライヒ)の協力者としてよく知られている、ジャック・ピエンという男の証明書類を携行している男を逮捕できればと考えているのです」

「英国のエージェント！」フォン・ボッホの目が輝いた。これは貴重な獲物だ。勲章ものだ。昇進につながる。フォン・ボッホは、親衛隊中佐(オーバーシュトルムバンフューラー)フォン・ボッホになったおのれの姿を目に浮かべた。筋骨たくましい少年たちからグレーテル（童話『ヘンゼルとグレーテル』に出てくる兄妹の妹の名）と呼ばれ、ズボン下の裾(すそ)をたくしあげて結ばれたりしていた、小さくて太っちょの少年が、親衛隊中佐になるのだ！　その姿をやつらに見せつけてやろう！

「捕縛がなされれば、犯人はSSの尋問に付されることになる。わたしがこの件を担当することになれば、みずからベルリンへ行くことになるだろう、マハト。もしSSの命令に逆らえば、その結果がどうなるかはわかっているな」

その結果とは。〝三百フィート先にソ連軍戦車軍団！　砲弾を装塡せよ。砲撃準備〟。〝隊長、わたしにはなんも見えません。雪で目がくらみ、寒さで指がかじかんでいます。照準が硬くなって動かず、鼻が砲身に凍りついています！〟。

マハトは従順にうなずいた。ではあっても、彼がソ連軍戦車軍団以上に危惧(きぐ)していることがひとつだけあった。それは、その英国人が、この自分、マハトがこいつと愛想よくおしゃべりをしている前で、マハトに身柄を委ねることになるのだという思いだった。

だが、かりに鉄面皮（てつめんぴ）な窃盗（せっとう）を目撃していたとしても、大佐はなにも言わず、なんの反応も示さなかった。どうやら、麗しき年、一九一一年のことに、その年に初めておこなった単独飛行のよろこびに、頭がいっぱいになっていて、新たな情報を脳みそへ受けいれることができなかったようだ。彼がいま目撃した犯罪は、このすばらしいフランス人の友の言動に、まったくふさわしくなかった。このフランス人は、自分が語った身の上話に魅了され、目を輝かして、このうえない敬意と、さらには英雄への崇拝の念までを表していた。それは、いまの行動とはまったく合致しないことであり、そうであれば、まだ残っている楽しみのために、いまのところは無視しておこう。身の上話にはまだつづきがあり、それはたとえば、第一次世界大戦における大佐の冒険（ぼうけん）譚（たん）であり、自分は実際にあのレッド・バロン（当時のドイツ軍のエース・パイロットだったリヒトホーフェンに英国軍がつけたニックネーム）と握手をしたという話や、一九一八年の序盤、自分の航空機が墜落するはめになり——

左腕が永久に使えなくなり、機尾はずたずたになったものの——それでもさいわい、ふたたび軍務に復帰することができたという話だ。それは、彼のお気に入りの物語のひとつだった。

彼が礼儀正しくそのフランス人にうなずきかけるだけですませると、相手はこの世に気にかかるものはなにもないといった調子でうなずきかえし、わきへよけて、彼を通した。

ちょうどそのとき、列車が轟音と蒸気の噴出音をとどろかせながら駅に乗り入れ、重々しい振動とともに停止した。

「あー、パリよ」大佐が言った。「きみとわたしのあいだだけの話だが、ムッシュ・ピエン、わたしはベルリンよりパリがずっと好きなんだ。そして、なにより、わが妻はパリが大好きでね。彼女はこのささやかな週末の小旅行を心待ちにしているんだ」

乗客たちが、ドイツ人もフランス人もいっしょになって、整然と降車していったが、プラットフォームに降り立つと、彼らは行く手になにかの警備態勢が敷かれていることに気がついた。駅の構内へ向かう道筋の途中にゲートがつくられていて、自動拳銃を持つ兵士とSS隊員たちがプラットフォームに立ち、煙草を吸いながらも、乗客たちに注意深い目を向けている。

そこには劇的な気配が充満していた。ライトの奇妙なビーム、列車に特有の、だれもが気づきはしても、だれもなにとは言えないにおい。灯油なのか石炭なのか？　オイルなのかグリースなのか？　蒸気なのか金属なのか？　まあ、なんでもいい。頭上には、ところどころが支柱と円材に支えられた広大な丸屋根があり、その透明なガラス屋根の向こうには夜の闇があった。蒸気の煙、ひとが吐きだす息、葉巻と煙草の渦巻く煙、前方にも後方にもいる群衆のシルエット。あらゆるものに湿気が忍び寄る。いたるところにあるトレンチコートにも、ドイツ軍の灰緑色（フェルトグラウオフィツィアースコーア）の将校服にも、フェドーラやヴァイザーにも。これは途轍（とてつ）もなく……映画的だ！

警備の連中が、ドイツ人は左へ、フランス人は右へ行けと叫んでいる。そして、その右側の外れに、フェドーラをかぶり、よれよれのレインコートを着た厳めしい顔つきの男が二、三人いて、身分証明書類や旅行許可証を検分していた。ドイツ人たちは書類の束をさっと見せるだけでよかったので、そこの列ははるかに速く進んでいった。

「では、ムッシュ・ピエン、ここでお別れしましょう。パリにおられる妹さんの病状が快方に向かい、全快されることを願っていますよ」

「きっとよくなってくれるでしょう、大佐」

「さようなら（アデュー）」

大佐が足早に歩きだし、駅につづく扉を通って姿を消した。ベイジルが並んだ列はじりじりとしか進まず、その列はもうひとつのより短かったものの、検問地点に着くと、ひとりひとりが、いかにもゲルマン人らしいやりかたで丁重に扱われ、書類が念入りに吟味され、それの写真と顔がゆっくりと突きあわされ、鞄(かばん)や荷物のすべてが検査された。調べは永遠に終わらないように見えた。

こうなると、するっと列を離れ、線路をたどって姿をくらまし、フェンスを乗り越えて市街へ入りこむのは、不可能だろう。それを防ぐために、ドイツ軍はここの周囲にひどく大勢の警備兵を投入していた。列車の下部へ転がりこもうとしても、むりだろう。列車とプラットフォームの間隔が狭すぎるから、その隙間にもぐりこむことはできない。

ベイジルは不快な結末を予見した。やつらは書類に目を通し、その写真と自分の顔が似ていないことを見てとって、ひとつふたつ質問をし、自分はその書類に目を通してもおらず、持っている書類がだれのものかわかってもいないことに気づくだろう。つぎは身体検査となり、拳銃とカメラを携行しているために不審者とされ、拷問室送りになる。

同時に、成功の見込みが薄れてきたことで、なんとなくほっとしたような感じはあった。もはや、なんの決断もする必要はない。自信をみなぎらせ、平然とした態度で押し通せば、すべてうまくいくだろう。自分はエージェントのエース、偉大なベイジル・セントフローリアンなのだ。

国王陛下の仰せのままに。自分は一九三四年に近衛騎兵師団に配属された、陸軍大尉だ。もっとももこの十年ほどは、馬に乗ったことはない。じつのところ、ベイジルは馬のことはよく知らず、気にかけてもいなかった。というより、近衛騎兵師団や騎兵隊、さらには陸軍のこともだ。最終的にそこに配属されただけのことで、それ以前、若いころは、日常的にアメリカの映画女優と逢い引きを重ねたり、アルゼンチンのポロ・プレイヤーとけんかをやらかしたりと、華々しい不品行のせいで、悪名を馳せていた。父が息子の性根をたたきなおすために、商売のやり方を教えようと、フランセスカ・ドュ・モンプレクス＝ブラン子爵夫人の厳重な監督のもと、一年のあいだ、フランスの葡萄園を管理する仕事をやらせたが、その夫である子爵がベイジルに決闘を挑んできたため、そこを立ち去らざるをえなくなった。だれであっても、相手が五十七歳になった貴族の男とあれば殺すわけにはいかないのでは？　それが、彼に許された最後の破天荒な行動となり、父はもう、どこに行ってもゴタゴタを残しがちなベイジルには、ほかに用意できる仕事はないと考えるようになった。だが、いったん軍服に身を通すと、ベイジルはふたたび自滅的な方向へ突っ走るようになり、やがて、情報部の陰気な男がブードルズのパブで一杯やろうと、彼を招待した。ベイジルは、責任を負わなくてもいい仕事ができて、給料と賞賛の両方がもらえることを知り、志願した。それは一九三六年のことで、以後ベイジルがしりごみすることはけっしてなかった。

何年もエージェントの仕事をやってきたせいで、傷痕(きずあと)があちこちにあり、悪夢を見るようになっていたが、それだけではなく、いずれだれかがひとまとめにしてくれるにちがいない勲章が抽斗(ひきだし)に詰まっていて、それに加え、三ヶ所の銃痕(じゆうこん)と、ナイフで肉を切られたことがわかるジグザグの傷痕もあり(そのわけは訊(き)いてくれるな、頼むから、けっして訊いてくれるな)、そしてまた、長時間の拷問にあったことで、背中と尻にまだら模様の瘢痕(はんこん)もあった。拷問されたとき、最終的に彼はしゃべり、その拷問人に対してついた嘘(うそ)は、彼の最良の記憶のひとつとなった。お気に入りの記憶はほかにもある。その三日後、伝説的なクリケット・プレイヤーとしてバットをふるい、その拷問人の頭蓋(ずがい)を粉砕したとき、そいつの目がうつろになったことだ。楽しかったのなんの!

マハトが列に並んだひとびとを監視し、アベルが書類と持ち主の顔を検分する。一方、フォン・ボッホは黒革のトレンチコート姿で英雄のようなポーズをとることで、劇的な雰囲気を醸しだしていた。黒の帽子につけた髑髏(トーテンコップ)の徽章が光を照り映えさせ、その丸ぽちゃの小顔には権力と支配力を持つ男ならではの感情がみなぎっている。

残りは八人。七人。六人。五人。

ようやく、彼らの前に、なにかのアスリートのように見える、肌が白くて体格のいい男がやってきた。これほど魅力的な男なのだから、秘密エージェントではありえないだろう。すべての目がその男のほうへ向けられるだろうし、男は人目を引くことに慣れているようだった。実際、この男は英国人かもしれない。というのも、いわゆる〝ジンジャー〟、すなわち、金髪に生まれつき、歳を重ねるにつれて髪が茶色に変じていくたぐいの男のようだからだ。そして、この男はいま、その途中にあり、髪に赤とオレンジが同時に混じりこんできていた。だが、フランス人もまた、金髪の遺伝子をかなり多く受け継いでいるから、この髪と射貫くような目付きは、フランス人にもよくいるタイプを表しているだけかもしれない。

「こんばんは、ムッシュ・ヴェルコワ」アベルが書類に、ついで男の顔に目をやってから、フランス語で言った。「パリへはどのようなご用件で?」

「女性ですよ、中尉殿。よくある話でして。べつに意外ではないでしょう」

「失礼ですが、なぜあなたは戦争捕虜収容所に入れられていないのか? 軍人のように見えますが」

「サー、わたしは建築業をしておりまして。わが社、ムッシュ・ヴェルコワ・エ・フイス(ヴェルコワ父子社の意味)は——ちなみに、わたしは息子のほうですが——海岸線地帯においてセメント仕事を数多く請け負っています。ライヒのために難攻不落の壁を築いているというわけです」

「はいはい」アベルが、うんざりした警察官口調で言った。それは、彼がこの日に、対独協力者たちのおべっかをいやというほど聞かされてきたことを示していた。「では、よければ、横顔がはっきりと見えるように、左へ身をまわしてもらえますか。この書類にあるあなたの写真はひどいとしか言いようがありませんので」

「ひどい写真を撮られましてね、サー。こういう面倒にあうのはしょっちゅうなんですが、その写真に上から光を当てるようにされれば、問題はひとりでに解決するでしょう。それを撮った写真家はわたしの鼻にこだわりすぎたようなので」

アベルが写真をチェックする。

それでもまだ合点がいかなかった。

彼はマハトのほうへふりかえった。

「この写真が合致するかどうか、見てください、大尉殿（ヘル・ハウプトマン）。光のせいかもしれませんが、もしかすると――」

その瞬間、その列の、ムッシュ・ヴェルコワのふたつ後方にあたるところから、ひとりの男がにわかに飛びだし、狂ったようにプラットフォームを走りだした。

「あれがやつだ！」フォン・ボッホが叫んだ。「あいつを阻止しろ、あいつを阻止しろ！」

その男は走りつづけ、ドイツ兵たちはよく訓練されているので、発砲はせず、男を制止すべくフットボール選手のように動いた。男はそれを打ち破ろうとあちこちへ方向を転じたが、すぐに、男より若く、強壮で、足の速い親衛隊伍長（ウンターシャーフューラー）に捕まり、別の兵士がその揉（も）みあいの現場に到着して、背後から男をひっつかみ、そのあとさらに二名の兵士がやってきて、多数の腕と脚がからみあう大混乱の場と化した。

「だれかに書類を盗まれたんです」男が叫んだ。「わたしの書類が失われた。わたしは無実なんです、ハイル・ヒトラー。わたしは無実なんです。だれかがわたしの書類を盗んだんです」

「捕まえた」とフォン・ボッホがわめき、「捕まえた！」と言って、英国のエージェントが取り押さえられたらしい混乱の場へいそいそと駆けていった。

「もう行け」とアベルがムッシュ・ヴェルコワに言い、マハトともどもその現場へ向かった。


ベイジルは何食わぬ顔で、平然と口笛を吹きながら、駅の構内へ入っていき、いたるところから出現した警備兵たちが、いま彼が出てきた四番線の改札口へ駆けこんでいった。ベイジルに注意を向ける者はおらず、彼はわきによけて、重武装したドイツ兵たちがぞろぞろとかたわらを通りすぎるに任せた。遠くで、けがをした烏（からす）が出すような、カーカーという奇妙な二連のドイツ軍サイレンが鳴り響いていたが、それでもまだ大勢の兵士たちがこの現場になだれこんできていた。

時間がないことはわかっていた。ドイツ兵たちのなかに、だれか利口なやつがいて、なにがあったかを早々に察知するだろう、あの列車の捜索が早急に命じられ、一等車の便所のなかでムッシュ・ピエンの書類が発見され、なにがあったかが判明することになる。そうなれば、彼らは駅の周囲に非常線を張り、増援の兵士を呼び寄せ、駅の近辺にいる群衆をひとりずつ慎重に検分して、いまはSS兵士どもに尋問されているであろう、気の毒なムッシュ・ヴェルコワの書類を持つ男を見つけだそうとするだろう。

ベイジルは早足で駅の玄関口をめざした。手遅れだった。すでに秘密野戦警察がタクシーを立ち退かせ、バスを停止させている。さらに多数のドイツ軍兵士たちが何台ものトラックからぞくぞくと降り立ち、さらに多数のドイツ軍指揮車輌が到着していた。地下鉄への階段はすべて、武装した兵士たちによって封鎖されている。

こうなったら、ほかの出口を探すしかないというわけで、彼はひきかえそうとするかのように身を転じた。

「ムッシュ・ピエン、ムッシュ・ピエン」呼びかける声が聞こえた。ふりかえると、あのルフトヴァッフェの大佐が手をふっているのが見えた。

「さあ、こっちに。送っていこう。こんな間の悪いできごとのせいで、足止めを食らってはいけない」

ベイジルはそのタクシーに駆けつけて、乗りこんだ。これを切り抜けられたのは、大佐の一九一一年から一九一八年に至る身の上話に耳をかたむけたおかげだと、よくよくわかっていた。その話自体には、聞く価値はほとんどなかったのだが。

ブリーフィング

「昇進させる」ベイジルは言った。「それはひどく妙なことのように思えますね。あなたがた紳士のみなさんがプレイされているゲームには、わたしはどうしてもついていけません。複雑怪奇にもほどがあるというものだ！」

だが、そんな脅しをかけても、この首相の秘密幕僚室のなかで彼の前にすわっている面々は、だれひとり動じなかった。

「ベイジル、きみは行動の男として、行動を欲している。だが、それは、ものごとが明瞭（めいりょう）で単純な世界でしか、なしえないことだ」サー・コリンが言った。「そして、そんな惑星は存在しない。この世界、現実の世界では、直接的行動はつねに、ほぼ不可能なんだ。間接的に動き、絶え間なく妥協と調整をおこない、ささいすぎるものごとには注意を向けすぎないようにし、反響と反応を追跡し、コンクリートで固めたように口をつぐんでおかなくてはならない。つまり、われわれとしては、ケンブリッジの司書という卑劣な小物は、それよりはるかに大きな力を持つ何者かの動きを左右するであろうと期待して、泳がせておくしかないというわけだ。教授、たぶんきみなら、ベイジルにも理解できるように、この構図を説明してやれるだろう。われわれがなにをもくろんでいて、なぜそれが途方もなく重要であるかを」

教授が——チューリングという名だったか？——咳払（せきばら）いをし、金髪の下にある顔に少年のような笑みを浮かべる。自分が注目の的になったことをよろこんでいるように見えた。

「ツィタデル作戦というのがありまして」教授が言った。「ドイツ軍幕僚がここしばらく進めてきた作戦です。われわれとしては、スターリングラード攻防戦の結果、彼らがみずからにもたらした混乱状態を考慮するならば、それは希望に基づく夢想にすぎないと考えたいところではあります。ですが、大損害を喫してもなお、彼らは途轍もなく強大でありつづけています」

「教授」ベイジルは言った。「ドイツ国防軍最高司令部（OKW）の将官食堂にすわっているような話しぶりですね」

「ある意味、彼はそうなんだ。あいにく、ベイジル、きみはあすから、ジェリーの友人たちとおしゃべりをするリスクに身をさらすことになるので、われわれとしては詳しいことは言えない。理解してくれたまえ、きみ」

「なんとも驚くべきことに」提督が言った。「率直に言って、わたしはドイツ軍の計画に関して、この二つ先の部屋でわが海軍の幕僚が進めている計画よりよく知っている。アメリカがどう動こうとしているかとか、ソ連がケンブリッジのだれをかかえこんでいるかといったようなことを。だが、それは思慮深く用いられねばならない授かりもの情報なんだ。もしぞんざいに用いられれば、このゲームはお流れになり、ジェリーが状況を一変させるだろう。そこで、われわれはそれを小出しに、折を見て用いるだけにしている。いわゆる、適宜にというやつだ」

「戦略的裁量には従います」

「キャヴェンディッシュ将軍?」

キャヴェンディッシュは陸軍の重要人物で、どのような感情もいっさい表に出さない。その顔は、ウォータールーの戦いにおける歩兵方陣のように角張っていて、愛想がなく、ボールベアリングのような双眼があり、輝きや聡明さ、共感性ややさしさはかけらもなく、力のみを表していた。ヘアブラシを使って口ひげを左右均等になるように完璧に整え、その上にでかい鼻がある。そしてまた、その上着には勲章がたっぷりとついていた。便秘ぎみのキッチナー（第一次世界大戦時に陸軍大臣を務めた英国陸軍元帥）のように見える男だ。

「ツィタデル作戦は」キャヴェンディッシュが事実をありのまま、解釈抜きで話しだす。「東部戦線における神々のたそがれ（北欧神話のなかで語られる世界の終末の日）として思い描かれている。ソ連軍の努力を破綻させ、ソ連をかしこまってドイツとの交渉のテーブルにつかせる、最後の巨大な突破口になると。もしそれが成功すれば、大方が考えているように、最低限でも、この戦争をあと一、二年は長引かせることになるだろう。われわれは、一九四五年にはこの戦いを終わらせるようにしたいと願っている。いま、それが一九四七年までつづく可能性が生じ、そうなればさらに何百万もの人間が死ぬことになるだろう。われわれが勝利をおさめようとしているのはたしかだが、さらなる死を阻止するには、迅速に勝利をおさめようとしなくてはならない。そのもくろみが危機にさらされているということだ」

「そういうことなので、ケンブリッジに潜伏している小物を直接たたくわけにはいかないと。オーライ、そこのところはわかりました。といっても、これからもずっと気にかかりはするでしょうが」

「ツィタデル作戦は五月に決行されることになっているが、兵站を考慮するならば、おそらく決行は七月か八月になるだろう。スターリングラードから数百マイル離れた、ソ連南西部から開始される。その時点において、ソ連軍はクルスクという都市の近辺で戦線突出部を形成することになる。戦線の突角と言い換えてもよい。それまでにドイツ軍は秘密裏に動きだし、その突出部の南北両側に膨大な部隊と物資の集積をしておく。そして、圧倒的優勢を得たと信じられるようになったときに、彼らは出撃するだろう。南側から北へ、北側から南へと、タイガー戦車の壁をつくり、シュトゥーカ爆撃機の大群を飛ばし、砲兵部隊を送りこむ。戦車隊の後方を歩兵部隊が進軍する。包囲が完成すると、ドイツ軍は攻撃を開始し、そのなかにいる三十万の人間を殺害し、一万五千の戦車を破壊する。赤軍の士気は粉砕され、その損害はアメリカのすべての支援をもってしても埋めあわせることはできないほど壊滅的なものとなり、ソ連軍は撤退に撤退を重ねて、ウラル山脈まで退却するだろう。そして、モスクワが陥落する。一九一七年の場合と同様、ソ連はドイツの条件をのんで、単独講和を受けいれるだろう。東部戦線から解放されたドイツの軍団はフランスへ向かう。西部戦線の戦闘はどこまでも継続することになるだろう」

「わたしは天才でもなんでもないですが」ベイジルは言った。「それぐらいのことは理解できます。スターリンに伝えなくてはいけませんね。その突出部の防備を固め、部隊と物資の補給をするようにと伝えるんです。そうしておけば、ドイツ軍が攻撃をかけたとき、敗れるのは彼らのほうとなり、一九四五年に戦争が終結し、何百万もの人命が救われることになるでしょう。それよりはるかに重要なのは、わたしがリタやラナといったヤンキーの映画女優にまた会えるようになることです」

「またもや、サー」提督が言った。彼はベイジルのもっとも熱烈な賛美者に変じかけていた。「彼は要点を正確に把握しましたな」

「あとひとつだけ問題が残っている、ベイジル」サー・コリンが言った。「われわれは、すでにスターリンに伝えた。彼はわれわれを信じようとしないんだ」

「ヴレーニュを攻撃した第三戦闘機隊（ヤスタ）。一九一六年」マハトは言った。「アルバトロス。あの大型戦闘機を飛ばしていた」

「彼はエースのひとりだったんです」とアベル。「あなたが十九時間ほど時間を割けるとわかれば、彼はただちに、そのことを延々としゃべるでしょう」

「往時の僚友よ」ギュンター・ショル大佐（オーバースト）が言った。「そう、あのころ、わたしは第七ヤスタに所属し、ルーセラーレを攻撃した。あれは一九一七年のこと。遠い昔の話だ」

「おふたかた」アベルが言った。「そろそろ郷愁に浸（ひた）るのはやめて、われわれの現実の仕事、ソ連とは無関係な仕事に、取りかかるようにしましょう」

「ヴァルターはぜったいにソ連へ送られることはない」マハトは言った。「家族のコネがあるからね。彼はずっとパリにいて、いずれアメリカ軍がやってくれば、彼らに合流するだろう。そして、アメリカ軍の中佐として終戦を迎え、たぶん、アイゼンハワー将軍の副官になるだろう。それはさておき、彼の言い分は的を射ている」

「ディディ、あなたに誉(ほ)められるのはこれが初めてですよ。本心からのものだと願っていますが、まあ、いつもそうはいかないでしょうね」

「では、話を本筋に戻そう、大尉殿(ヘル・オーバースト)」ショル大佐に向かって、マハトは言った。「ヴァルターが注意を喚起したのは、ひどくうるさいSSの少佐がこの近辺をのし歩いていて、彼はあなたをソ連との前線へ送りたがっているということなんだ。彼はそれだけでなく、ここのわれわれ全員をソ連との前線へ送りたがっているが、ヴァルターだけは例外だ。彼にとって、ヴァルターはつねに、トーストに塗るバターみたいなものというわけだ。いまのわれわれに肝要なのは、あなたのそばに六時間すわっていた男を捕まえることであり、あなたがいろいろと思いだしてくれたら、その役に立つにちがいないんだ」

　時刻は深更、というより未明と言ったほうがいいだろう。それまでショル大佐は、マキシムでヒルダとともに踊って夜をすごし、そのあと、夜明けにはそこをあとにしてリッツ・ホテルで愛を交わすことを夢見ていた。それなのに、実際にはパリ十六区のギィ・ド・モーパッサン通りに面した陰気な部屋にいるのだった。その部屋は、この街に駐留したドイツ軍のさまざまな殺人部隊のゴム底靴で床が踏みにじられ、煮えたぎるような絶望の気配と、饐えた煙草と冷めたコーヒーのにおいが充満していた。

「マハト大尉、信じてくれ。わたしはソ連との前線へ行かされることになるのは、なんとしても避けたいと思っているんだ。すでに息子が、シュトゥーカ爆撃機乗員としてあそこへ送られている。それだけでも、ショル家としてはもうたくさんなんだ。ブリケベックは取るに足らんところだし、察するに、夜間戦闘機航空隊の指揮官は、わたしがルフトヴァッフェで大仕事をするのを期待するようなことをほのめかしてはいないと思う。とにかく、わたしはブリケベックでこの戦争に従事することに満足しており、いずれアメリカ軍がやってくれば、降伏するだろう。これで、すべてを話したはずだが」

「わたしにどうにも理解できないのはこれでして」アベル中尉が言った。「あなたは以前にもムッシュ・ピエンに会ったことがあるのに、その男が彼だと思った。ところが、写真にある顔は、わたしがモンパルナス駅で見た男の顔とはまったくちがうんです」

「いやいや、そうとは言いきれない」いくぶん語気を強めて、大佐が釈明する。「ピエンに会ったのは、ヴィシー政府（ドイツに降伏したあとできたフランスの政権）に任命されたブリケベック市長が主宰したレセプションの場で、そこにはドイツ軍の高級将校や著名な対独協力者のビジネスマンたちがいた。その男は二軒のレストランと一軒のホテルを所有する、いわば陰の実力者で、われわれは短いが、楽しい会話をした。彼の顔を憶えているとは言えないし、よく憶えているわけがないのでは？　あの駅に行き、フランス人旅行者の乗客名簿に目を通したとき、ピエンの名が見つかったので、わたしは彼の姿を探した。思うに、われわれに協力的なフランス人を楽しませるのは自分の義務と言っていいだろう。だが、本音では、自分の流儀で魅了すれば、彼のレストランの料金をかなり割り引かれたり、贈りものとしてボトルのワインがもらえたりするのではないかと考えていた。そんなわけで、彼の姿を探し求めたんだ。彼はちがって見えたが、それは彼が口ひげを剃っているせいだと思った。そのことをからかうと、彼は、妻の肌が乾燥しているから剃ったのだといきさつを説明した」

警察官のふたりは話のつづきを待ったが、〝つづき〟はもうなかった。

「言っておくが、彼はまったくなまりのない完璧なフランス語を話し、冷静沈着そのものだった。おそらくは、それこそが怪しい点だったのに、わたしは見逃してしまったんだろう。フランス人のほとんどはドイツ人がそばにいるとびくつくものだが、あの男は堂々としていた」

「六時間のあいだ、なにを話していたんです？」

「たしか、わたし自身のことをしゃべりつづけていた。逃げられない話相手に、ずっとそうしていたんだ。わたしがしゃべりすぎているときは、いつも妻が蹴飛ばしてくるんだが、残念ながら、あの場に彼女はいなかったのでね」

「つまり、彼はあなたのすべてを知っているのに、われわれは彼のことはなにも知らないと」

「そういうことだ」ショル大佐が言った。「残念ながら」

「あなたがフランス語と同じくらいうまく、ロシア語が話せればいいんですが」アベルが言った。「なぜかというと、わたしは報告書を書かねばならず、自分に責任があるようなことをそれに記すつもりはさらさらありませんので」

「わかった」とショル。「ひとつ、ちょっと思い当たったことがある。ささやかなことなのはたしかだが、たぶん、わたしがシュトゥーカの操縦席に乗らずにすむようにしてくれるにはじゅうぶんだろう」

「傾聴しましょう」

「これまでに何度も話したように、彼はリッツ・ホテルへ向かうタクシーに乗りこんできて、そこに着くと、わたしはタクシーを降り、彼はタクシーのなかにとどまった。

彼がタクシーを使ってどこに行ったかは、わたしにはわからない。だが、そのタクシー運転手の名ははっきりと憶えている。タクシーはダッシュボードに免許証を提示しておかなくてはいけないことになっているんだ。その名は、フィリップ・アルモワール。役に立つのでは？」

役に立った。

その午後遅く、マハトは五十名ほどの男たちを前にして警察官集合室に立った。三分の一は自分の部下たち、三分の一は第一一秘密野戦警察部隊の隊員たち、あとの三分の一はフォン・ボッホのSS分遣隊の男たちで、全員が平服姿だった。彼はアベルと秘密野戦警察の軍曹、そして親衛隊少佐フォン・ボッホと並んで、部屋の奥に並べられた椅子にすわった。その背後に、パリの大きな地図があった。フォン・ボッホですら、このときばかりはドレス・ダウンしていた。彼にとっては、誂（あつら）えたダブルのピンストライプスーツでも〝ダウン〟だったのだ。

「では、始めよう」マハトは言った。「長い夜が待ち受けているから、諸君、いまのうちにその身なりに慣れるようにしてくれ。われわれは、英国のエージェントがここのどこかにひそんでいると考えている」彼はセーヌ川の左岸（リヴ・ゴーシュ）にあるパリ五区を、パリの文化と知性の核心部にあたる場所を、指さした。「タクシー運転手がこの早朝、その男を降ろしたのがここであり、親衛隊少佐フォン・ボッホの尋問官たちがタクシー運転手にしゃべらせた内容は真実だと、わたしは信じている」

フォン・ボッホが、その部下の尋問技術はそれほど広くは認められていないことを知りつつ、うなずいてみせた。

「川向こうの正面にルーヴル美術館とノートルダム寺院があり、こちら側にはフランス学士院の建物があり、何百とある街路に面して小さなホテルやレストランやカフェ、多種多様な小売店やアパートの建物といったものがずらっと並んでいる。そこは可能性の墓場と言っていい。どれほど捜査網や大規模非常線を張りめぐらし、捜索の努力をしようが、どうにも手に負えないほど膨大な数の建物があるのだ。

そこで、そういうことはせず、きみらのそれぞれが一ブロックかそこらの地域を巡視してもらいたい。中背で、赤みから茶色みがかかった髪の、角張った顔をした男に目をつけるようにするんだ。さらに見分けやすくするとしよう。その男は、いわゆる〝ひとを惹（ひ）きつける魅力〟の持ち主だ。美男子には当てはまらないが、内面からにじみ出る輝きのようなものがひとを魅了し、ひとはそいつに操られるようになる。そいつは完璧なフランス語をしゃべり、おそらくはドイツ語も完璧にしゃべれる。服装は、みすぼらしいフランス人事務員から聖職者にいたるまで、なんでもありうる。もし行きあたったら、そいつは考えぬいたことばを発し、魅力的に、愛想よく、そして巧妙に対応するだろう。証明書類のたぐいはあまり意味を持たない。そいつはポケットからたくみに物をくすねるスリの技を持ちあわせているので、きみらに出くわしたころには、すでにいくつもの身分証明書を持っていて、別の人物に成りすましているかもしれないからだ。きみらに提示できる最善の指針はこれだ。ひとりの男を見て、その男はすばらしい友人であるように思えたら、おそらくはスパイだ。魅力こそがそいつの鎧(よろい)であり、主要な武器ということだ。そいつはきわめて頭が切れ、きわめて献身的で、おのれの任務にきわめて熱心に取り組む。モーリス・シュヴァリエ(アカデミー賞も受賞したフランスの俳優)のような人生を謳歌(おうか)している人物を頭に浮かべてみろ。そいつはおそらく武器を持ち、危険な男でもあるだろうが、男としての魅力を漂わせているはずだ。だが、あらかじめ警告させてもらおう。そいつを生け捕りにすれば、貴重な戦利品となる。死なせたら、ただの英国人のひとりにすぎなくなる」

「サー、各ホテルを当たって、新たな宿泊者をチェックするというのはどうでしょう?」

「いや、その仕事は制服警官たちに任せる。ただし、その男はとても狡猾なので、そのやりかたは通用しないだろう。そいつはなにか別名を使って身を隠しているだろうから、ホテルの部屋をノックしてまわっても見つけだすことはできない。もっとも見込みがあるのは、そいつが街に出かけているときだ。あす実行にかかるほうがいいだろう。それまでに、伝令がブリケベックから本物のムッシュ・ピエンの写真を持ってくるし、われわれの似顔絵師が口ひげのない細くした顔の絵を描いてくれるだろうから、われわれは正確な人相書きを手に入れられるはずだ。それと同時に、わたしと配下の刑事全員が電話を使って、警察に協力している密告者たちに当たり、そいつの存在を暴露することになるかもしれない噂話を聞きだす。街の数ブロックごとに無線付き車輛を配置する予定なので、必要となれば、きみらはそこに駆けつけて、こちらと連絡を取ることができ、その必要性が増せば、われわれはすぐさま増援を送るようにしよう。これ以上のことは、われわれにはできない。われわれは猫で、そいつは鼠だ。そいつはチーズを求めて外に出てくるにちがいない」

「発言してもよろしいかな？」親衛隊少佐フォン・ボッホが言った。

だれが制止できるというのか？

そんなわけで、彼はそれから三十分ほど、ヒトラーがニュールンベルクでおこなった演説をまねたように思える長広舌をふるった。それは威嚇と風変わりな隠喩に満ち、世界の不公正さへの煮えたぎる怒りに焚きつけられたものだった。たぶん、その主たる動機は、フォン・ボッホがおのれの非凡な才能を認められていないと感じていることだろう。過去の嘆かわしい事実がその経歴のすべてに多数の汚点を残していて、だれかが彼に責任転嫁や怠慢の証拠を突きつけたら、おのれはあっさりとソ連の対戦車砲に身をさらし、野蛮なスラヴ人の軍勢に直面させられるはめになるとわかっているのだろう。

その長広舌はあまり歓迎されなかった。

ベイジルは経験豊かなので、もちろん、ホテルに身をひそめるようなことはしなかった。そうはせず、まずはリヴ・ゴーシュの街区に入りこんで、真夜中をたっぷりと過ぎるまで、そこの有望そうなブロックの裏通りをあちこち当たって、南京錠がかかっている車庫を探した。車庫に南京錠がかかっているのは、その家の持ち主がより快適な地域を求めて逃げだしたからというのが彼の信念であり、そういう家なら安全な隠れ家にすることができるだろう。彼はかなりやすやすとそれを見つけだし、南京錠をピッキングして解き、広大な車庫のなかへ入りこんだ。そこには、コンクリートブロックに載せられた状態でロールスロイス・ファントムが鎮座していて、この家の富裕な持ち主はいま安全を求めて、アメリカのビバリーヒルズかどこかに避難して暮らしていることを明白に示していた。この日、彼が自分に最初に下した命令は休息を取ることだった。なんといっても、ここまで四十八時間ものあいだ、パラシュートでフランスに降下したり、長い列車の旅でルフトヴァッフェの大佐から消耗する試練を与えられたり、そしてまた、名前も知らないあのルフトヴァッフェの男のおかげでモンパルナス駅から奇跡の脱出をやってのけたりと、全力で突っ走ってきたのだ。ロールスロイスのリムジンは、ドアが施錠されていなかった。彼はその後部シートにもぐりこんだ。それはかつて、著名な実業家、百貨店王、宝石店チェーンのオーナー、有名な娼婦などなどのケツが乗っていた後部シートなのだが、彼はすぐさま眠りこんでしまった。

午後の三時に目が覚めると、つかのま混乱に見舞われた。ここはどこだ？　車のなか？　なぜ？　あ、そうか、なにかの任務？　どんな任務だったか？　おかしなことに、命じられたときはとても重要なものと思えたはずなのに、いまは思いだすことができなかった。あ、そうだ。『イエスへの道』。

昼間は外に出ても意味はないように思えたので、車庫をあとにして家を検分すると、ここはすでに遺棄されていると判断できたため、彼はなかに忍びこんだ。入りこむのはじつにかんたんだった。そこは、貴族趣味のフランス人、デュ・クレールの幽霊ミュージアムだった。調度品はシーツをかけた状態で残され、食料貯蔵庫は空で、いまはいたるところに埃(ほこり)が積もっていた。彼はちょっとなかをうろついて楽しんだが、抽斗をさぐりまわるようなことはしなかった。そんなことをしたら、任務の名のもとに盗みをやることになってしまうからだ。もちろん、ワイン・セラーには入ったし、そこではおおいに感心させられた。

予想したとおり、棚には、上質のフランス・ワインを生みだす暑い夏があった、一九三四年に醸造されたワインがぎっしりと並んでいて、彼の気まぐれな行動がようやく報われることになった。その年の特産品である甘口のフルボディの赤ワインのボトルが三本あり、ほかにも何本ものボトルがあった。ラ・トゥール・ブランシュ、クーテ、そしてディケム。伝説的なワインが残されていて、どれも敬意をはらうべきものだったが、ベイジルはまだ満足しようとはしなかった。だが、このムッシュ・デュ・クレールは、甘口のワインほど下品な過剰さはないが、ボルドーにも浪費をしていた。じつに上質のオーゾンヌ、レオヴィル・ポワフェレ、そしてもちろんオー・ブリオン。

きらびやかな銘柄のワインをつっぱねたらいい気分になるだろう、とベイジルは思った。ムートン・ロートシルトやマルゴーといったワインは、主として自分の父のような、実際には金儲けのため、ため、ために仕事をする下劣な連中のために生みだされたしろものなのだ。

そして、フランスの葡萄は、評判を落とした一九三五年と三六年のあと、一九三七年にはまたも高い評価を勝ち得るワインを生みだした。ムッシュ・デュ・クレールの趣味のよさと膨大な財力を誇らしげに語るボルドーが二本、そしラ・ミッション・オー・ブリオンとペトリュス。お楽しみのために、ウィットに富むデュ・クレールはカロン・セギュールと、フランスものではまったくなく、ベイジルは聞いたこともないポルトガル産のポートワインも選んでいた。

そんな調子で、よく考えぬかれたセラーのなかを見ていくうち、ベイジルはあの包みこむような胸の子爵夫人との思い出の数かずに浸り、大きなよろこびと安らぎを覚えた。彼女は年上だが、とても情熱的だった。自分は彼女にいろんなことを教えた。なにはともあれ、子爵は自分に剣を突き刺そうとはせず、ボーナスを与えるべきだったただろう。あいにく、この夜の連れ合いは子爵夫人ではなく、今回のすばらしき大戦争、第二次世界大戦の開幕と、その邪悪さや楽しさのすべてが始まったことを後世に伝える、一九三九年に醸造されたシュヴァル・ブランとなったが。

夜明け前に、ベイジルは目覚めた。身だしなみを可能なかぎり整えてから、そっと外に出て、南京錠を閉じる。早朝の街路は、働き手たちがどこかで朝食を摂って、この日の仕事の場へいそいそと出かけていくせいで、驚くほど混みあっていた。彼はやすやすとそのなかに紛れこみ、ふたたび、一日分の無精ひげを生やし、いくぶんむさくるしいダークスーツの上に暗色のオーヴァーコートを着た、どこにでもいそうなフランス人事務員に成りすました。カフェを見つけて、その奥の席にすわり、店が満員になっていくなか、カフェオレと大きなバタークロワッサンの食事を摂る。

客たちの雑談に耳を澄ましていると、この日はドイツ野郎(レ・ボシュ)がいたるところにいて、これまではそんなに大勢のドイツ人が街路にいる光景は見たことがないという話がすぐに聞こえてきた。どうやら、そのほとんどが平服で、ぽつんとそこらへんに立っているか、ちょっとした巡邏(じゅんら)のように歩いているかのように見えるらしい。そいつらはひとびとに目を向けるだけの仕事をしているようなので、張り込みかなにかの職務に就いているのは明らかだ。目当てはたぶん、カフェのドゥ・マゴでサルトルと会うためにやってくるレジスタンスの著名な人物とか――フランス人のほとんどはレジスタンスはジョークのタネと見なしているので、そういう話題はつねに笑いを誘うが――

ドイツ軍のパリ軍事総督であり夏の蛾（が）のように不愉快な男であるディートリヒ・フォン・コルティッツを暗殺するためにこの地に来た英国のエージェントとかだろうが、ラインハルト・ハイドリヒ（金髪の野獣と呼ばれたナチ親衛隊大将および警察大将）を屠（ほふ）ったのはチェコ人であったように、英国人は殺人があまり得意でないことはだれもが知っているだろう。

二、三時間後、ベイジルは偵察に出かけた。ほぼ即座に、そいつらの姿が目に入ってきた。狩る者（ハンター）のような引き締まった顔つきか、ご都合主義者のようなだらけた顔つきをした、色白の面々だった。彼は後者に該当する連中を選択した。怠け者（ローファー）のほうが人目を引きにくく、周囲への注意がおろそかだろうし、それだけでなく、そういうやつらは当番が終わったら、すぐに職務を外れるだろうからだ。

その男は体重をかける脚を絶えず変えながら、暖を取ろうと両手に息を吹きかけ、ときおり腰をさすっていた。腰がこわばっているとしたら、いざ立ち向かったり動いたりしなくてはならなくなっても、それほど急に立ち向かったり動いたりすることはできないはずだ。

ハンターを狩る（ハント）ときが来た。

ブリーフィング

「それもまた信頼の問題だ」台所をうろつく鼠を示唆するような口調で、キャヴェンディッシュ将軍が言った。「あの残忍なスターリンは、鼠に食い荒らされたような脳みそで、この戦争はソ連と共産主義を破滅させるための罠（わな）だと信じこんでいるんだ。彼はこのように考えている。クルスクの突出部を攻撃しようとするツィタデル作戦を伝えたのは、われわれが彼に深入りさせようとしてのものだ。われわれの通達に従えば、彼はクルスクの突出部で兵員と装備を消費し、膨大なルーブルを注ぎこむことになる。そのあと七月になると、ヒトラーの戦車軍団（パンツァー）がその方面へ陽動作戦をかけ、しかるのち、ソ連の全部隊がクルスクの突出部へ移動したために弱体化した戦線のいずれかの地点へ大挙して押し寄せるだろう。ヒトラーの軍勢が戦線を突破して、モスクワを包囲し、占領し、破壊したのち、勝利によって勢いを増しつつ、きびすを返し、ソ連の兵力が消耗したクルスクの突出部を処理する。ヒトラーは攻撃をかける必要すらないのではないか。パウルス将軍の率いる第六軍がスターリングラードでされたように、そこのソ連軍部隊を包囲して飢餓に追いこむだけで降伏させられるだろう。その時点で東部戦線の戦闘は決着し、共産主義は破滅する」

「議論の行き先が見えてきましたよ、紳士のみなさん」ベイジルは言った。「われわれが真実を告げていることを、スターリンに納得させなくてはならない。われわれはツィタデル作戦の真正性を立証して、彼がその存在を信じ、それに基づいて行動するように、仕向けなくてはならない。もし彼がそのようにしなかったら、ツィタデル作戦は成功し、三十万人の兵士が死に、戦争はさらに一年か二年、継続することになるだろう、そういう話ですね」

「ようやく見えてきたようだな、ベイジル？」サー・コリンが問いかけた。「きみ自身にそれが見えてきたのであれば、おおいに有益だろう。なにがなされねばならないか、われわれはどれほどの手間を要してでも、つぎの一手を繰りださねばならないが、見えてきたのであれば。なぜなら、きみの果たす役割はひとえに忠実さに懸かっているからだ。忠実さのみが、前途に待ち受ける試練を切り抜けさせてくれるだろう」

「はい、よく見えてきました」ベイジルは言った。「それが見えて、狼狽しない人間などいないのでは？　実際に、います。ひとり。それはわたしです。ではあっても、ツィタデル作戦の事前察知を立証する唯一の方法は、彼ら自身にそのことを発見させ、スターリンのかかえている機密性と信頼性がもっとも高いスパイによって、だれの影響も受けていないまったく清浄な情報として伝達されなくてはならない。その男にそれを見つけさせ、モスクワへ送らせるように仕向けなくてはならない。そして、その男が情報を送る経路は、ＮＫＶＤによって厳重な再検閲（けんえつ）を受けるであろうから、嫌疑を向けられる余地のないものでなくてはならない。そうであるからこそ、ケンブリッジにいる売国奴の司書が逮捕されることになってはならず、そうであるからこそ、ケンブリッジにある稀覯書書庫への潜入工作を採用するわけにはいかない。ケンブリッジにある『イエスへの道』という冊子の尊厳は、いかなる対価を払ってでも守られねばならない」

「そのとおりだ、ベイジル。よく理解している」

「きみはこの事前察知をそのスパイに発見させなくてはならない。しかしながら――難点があり――きみはその男がだれで、どこにいるかをまったく知らない」

「どこにいるかはわかっている」提督が言った。「問題は、そこが小規模な場所ではないという点だ。そこはかなり大きな村、というより、ひとつの工業団地なんだ」

「それは、わたしの耳に入れてはいけなかったはずのブレッチリーというところなんでしょう？」

「教授、どうやら、きみがセントフローリアン大尉に説明するようにしたほうがよさそうだ」

「もちろんです。大尉、先ほど口を滑らせてしまったついでに、またひとつ口を滑らせることにしましょう。ロンドンから数マイル離れたところにある古い邸宅に、いささかわかりにくい学校が設立されていまして。そこで、われわれは高度な数学概念を適用して、ジェリーのいまいましい暗号の解読を試みています。たまにうまくいくときもありますが、たいていはそうはいきません。しかし、総じて役に立ってはいるように思えます。ここまでで、わたしはなにか明かしてはならないことを言ったでしょうか、サー・コリン？」

「なさそうだ」とサー・コリン。「これ以後も慎重に話を進めるように、教授」

「問題は、小さなチームの作戦の場として設立されたブレッチリー・パークが、巨大な官僚組織と化したということでして。きわめて難解な題材において特殊なスキルを持つひとびとが帝国全土から集められ、いまや職員は八百人を超えています。

　その結果、コミュニケーションの経路が増え、ユニットが増え、サブ・ユニットが増え、サブ・サブ・ユニットが増え、建物や臨時棟、娯楽施設や厨房（ちゅうぼう）やバスルームが増え、ゴシップやロマンス、スキャンダルや裏切りや後悔、組織独自のスラングや組織独自の慣習といった、社会生活をかたちづくっているすべてが揃（そろ）うことになりました。

もちろん、その作戦の場に集められた若い男女はみな聡明であり、仕事をしていないときは退屈し、勝手にさまざまな陰謀や計略、批評や追認や曲解、計略の立案や対抗する計略の立案といったことをして楽しんでおり、そのすべてがさらに状況を泥沼化させ、なにが客観的〝真実〟なのかを確認できないまでになっているのです。蜜蜂（みつばち）の巣箱のような、その途方もない人間集団のなかのひとりが、ソ連とフィンランドの戦争のあいだに、くだんの暗号を解読して、ヨシフ・スターリンに報告したのはたしかだと、われわれにはわかっています。それがだれなのかはわからない――それはオックスブリッジの天才でも、エンフィールド造兵廠（ぞうへいしょう）で立哨（りっしょう）をしていた伍長でも、オーストラリアから来た女性数学者でも、電信係でも、英国出身の通訳でも、アメリカ軍連絡員でも、ポーランド人コンサルタントでも、だれでもありうる。わたし自身である可能性すらあるでしょう。もちろん、全員が事前にわが国の情報部によって綿密に身元調査をされていますが、その男もしくはその女はそれをくぐり抜けました。

つまり、いま重要なのはその人物を見つけだすことです。というより、その人物を見つけだすのは至上命令なのです。大がかりな保安対策を講じてあぶりだそうとするのは、なんの解決にもなりません。時間の浪費であり、手間がかかり、まちがいやゴシップの種、憤懣(ふんまん)が生まれかねず、われわれの本来の業務に途轍もない支障や損害が生じるおそれがあり、それだけでなく、なによりもまずいのは、あの国がわが国の施設にスパイを潜入させたのをわれわれが知ったという事実をNKVDに明白に知らせる結果になることなんです。もし彼らがそういう結論に達すれば、スターリンはわれわれを信頼しようとはせず、クルスクの防備を固めるとかどうとかこうとかも、やろうとはしないでしょう」

「つまり、その冊子の暗号を解くことが鍵になると」

「そうです。歴史上もっとも大きな成果をあげている洗練された暗号解読作戦に、単純な書籍暗号が立ちはだかって、重要な目標の達成を絶望的にしているという皮肉(アイロニー)をどう考えるかは、後世の歴史家に任せましょう。われわれにはアイロニーにかかずらっているような時間はありませんので」

ベイジルはそれに応じて、こう言った。

「では、課題はその作戦自体の精度をさらに洗練させることとなる。そいつの新たな管理者の名が含まれている暗号の基盤である冊子に、現実にアクセスすることはできないということなので」

「要するに、そういうことです」チューリング教授が言った。

「抜き差しならない状況と言うしかない。それにしても、自分はいったいその構図のどこにはまりこむんでしょう？　自分のような専門技術を持つ男が入りこむ余地はどこにもないように思えますが。わたしは――いやはや、どんな人間だと見なされているのか、見当もつきませんね。わたしになにをやらせようとしているのか――」

彼はそこで口をつぐんだ。

「彼は呑みこんだように思う」提督が言った。

「もちろん、呑みこみましたよ」ベイジルは言った。「どこかにもうひとつの冊子があるにちがいない」

任務

それは遅かれ早かれ起こったはずのことであり、実際には早めに起こった。アプヴェーアの監視および捕獲作戦に従事している男たちが最初に目をつけたのは、モーリス・シュヴァリエだった。だれもが同意するように、その男はモーリス・シュヴァリエにとてもよく似ているどころではなく、ずばりそのものだった。

そのフランス人スターはリヴ・ゴーシュで愛人たちのあいだを移動しているところで、親衛隊伍長(ウンターシャーフユーラー)のガンツがその男を発見して呼び子を吹いたからといって、だれも彼をとがめることはできないのではないだろうか？　その男は長身で、すばらしくハンサムで、しゃれた服装をしていて、彼を見た者はみな愛さずにはいられなくなるほど、温かみと優雅さ、自信と魅力を漂わせていた。伍長は、マハトが隊に与えた指針に従って行動したにすぎない――その男はすばらしい友人であるように思えたら、おそらくはスパイだ。伍長は、シュヴァリエがどういう人物なのかはまったく知らなかった。

自分は義務を果たしているのだと、彼は考えていた。

当然、そのスターはおもしろがったりはしなかった。彼は脅しをかけた。わが良き友、ヘル・フォン・コルティッツ将軍に電話をかけ、きみら全員をソ連軍との前線へ送りだしてやるぞと。さいわい、マハトはいまもまだ駆け引きの技術を持ちあわせていたので、その優雅な男と話をし、なだめすかしやおべっかのことばを際限なく並べたて、なんとかその難事を切り抜けることができた。彼の威厳はずたずたになり、スターはむかむかしながら立ち去っていった。彼は少なくとも、この二十分後にとある美女と愛を交わす予定を守ることはでき、ドイツの農民あがりの兵士たちはそのあとも寒い戸外のあちこちに立って、なにかが起こるのを待ち受けることになった。午後の八時ごろには、スターはそんなことは忘れ去り、彼のせいでパリに駐屯しているドイツ人兵士たちが、身が凍りつく地で対戦車砲を構えるはめにはならずにすんだ。

親衛隊少佐オットー・フォン・ボッホは、また別の問題だった。彼は行動の男だ。忍耐、粘り強さ、警察官としての職務意識といったものには無縁だった。彼はもっと直接的なやりかたを好んだ。たとえば、マハトが本拠を置いているリヴ・ゴーシュのホテル周辺にとどまり、敵のエージェントを早急に見つけださなければ、おまえたち全員をソ連送りにするぞと大声で威嚇するといったようなやりかたを。アプヴェーアの男たちはこっそり、彼のことを〝黒い鳩(はと)〟と呼ぶようになった。それは、彼が不可侵の威厳と尊大さを漂わせながら、鳩のように胸を張ってふんぞりかえって歩き、そのくせ、どこに行っても、糞(くそ)のようなささやかな成果しか残せず、実質的な業績はなにも達成しないという事実からくるものだった。

彼の親衛隊幕僚はSSとしての訓練を受けているので、熱烈にかどうかはさておき、少なくとも保安業務のプロフェッショナルとしてふるまっていたが、見たところ、その彼らにしてもまもなく、彼を黒い鳩と呼ぶようになっていた。なんにせよ、彼らは全体として、アプヴェーアの警察官たちと、第一一秘密野戦警察部隊の隊員たちと、ゲシュタポの面々からなる集団であり、そういう男たちがびっしりと網を張っているのだから、なんらかの成果が得られるものなら、そうなるだろう。彼らが網にかけようとしているのは、堂々とした映画スターのようなめざましい容疑者ではなく、なんとなく怪しいやつが該当するという仮定に基づく人物だった。多数のハンサムな男、何人かのギャングめいた男と俳優、ひとりの詩人とひとりの同性愛者の美容師がいた。その美容師が連れてこられたとき、マハトとアベルはぐいと眉(まゆ)をあげた。というのも、この男を見て呼び子を吹いた警察官は、意識せぬままおのれの性向をあらわにしてしまったのではないかと思ったからだった。

ようやく、第一当番の勤務が終わり、第二当番に交代した。彼らは、より明敏な男たちだった。マハトは、目当ての英国のエージェントは、その仕事がなんであるかはわからないが、晩になってから仕事に取りかかる可能性が高いと踏んでいたのだ。そして、予期したとおり、これぞというほどではないにせよ、そこそこ妥当な成果が得られた。実際に、ひとりの男が、自称しているような人間ではないのを暴露することになったのだ。そいつは宝石泥棒をしようとしていて、いま行動中かどうかはさておき、そういう仕事をしている男であるのはたしかだった。その男はみすぼらしい身なりで、歯が黒ずみ、年寄りのようによたよた歩いていたが、探るような鋭い目の内側には活力と恐れ知らずの精神がひそんでいることを見通せた。だが、そいつを捕まえたSSの男は、所属する部隊において高く評価されていることが判明した。マハトは、もっともすぐれた連中をすぐに動かせるようにしたいと考えていたので、なんらかの逮捕状況が生じた場合に備えて、その男を手近に置いておくことを心に留め置いた。それに加え、宝石泥棒をフランスの警察に引き渡すぞと脅し、そいつを将来的に使える通報者として引き入れることにした。才能を持つ人間はだれひとり、むだにはできないのだ。

つぎの逮捕者は、所持する書類ではユダヤ人とはなっておらず、英国情報部とつながりがある可能性はないにしても、ユダヤ人であることは明らかだった。マハトが書類を入念に調べ、チームのいかさま判別専門員に見せたところ、それは偽造文書であることが確認された。マハトはそいつをわきへ連れていって、こう言った。

「いいか、友よ、もしわたしがきみの立場だったら、できるだけ早く、自分はもとより家族を連れて、パリから逃げだすだろう。わたしでもきみのまやかしを五秒で見抜けるとすれば、SSも遅かれ早かれ見抜くだろうから、きみらはみな東方へ逃れるのが身のためだ。いまはあのろくでなしどもが上位にいるので、わたしにできる最善の忠告は、どれほど代価が高くつこうが、大急ぎでパリを立ち去れとなる。さっさとフランスから出ていくんだ」

男が彼の言ったことを信じようとしたかどうかはわからない。とにかく、それ以上のことはできなかった。彼はほかの刑事たちとともに電話での捜索を再開し、自分がかかえているさまざまな密告者や情報源や協力者や追従者たちに当たってみたが、やはりなんの収穫もなかった。もしエージェントがリヴ・ゴーシュにいるとしたら、そいつはまったく動いていないということなのだろう。

そう、彼は動いていなかった。ベイジルはまる一日、公園のベンチにすわり、街路の向こう側にいるそのドイツ人をそれとなく観察していた。そのようにしていたので、そいつのことが、そいつの歩きかたが（尻の左側が悪いように見えるのは、第一次世界大戦の負傷によるものか？）、そいつが警察官らしい我慢強さを示し、一ヶ所に一時間ほど立ち、そのあと七フィート移動して、また一時間ほどそこに立ちと、このうえなく頑固に配置箇所を放棄せず張り込みをしていることがわかってきた。そいつはただ一度、午後の三時に、ほんの短時間、男子小便用公衆便所（ピソワール）に行ったが、ピソワールにいるあいだもしっかりと目を見開いて、そこの目の高さにある隙間から通行人をいちいち確認していた。そいつはなにひとつ見落とさない――ただし、三百フィートほど離れた場所から、日刊紙のページの切れ目を通して観察している野暮ったいフランス人だけは別だった。

この二時間のあいだに二度、なんの変哲もないシトロエンが近づいてきて、その警察官が、やはり平服を着ているほかのふたりの警察官に報告をした。二度とも、警察官たちはうなずいて、報告を慎重に受けとり、すぐに走り去っていった。長い一日になったが、やがて午後七時に十二時間の当番が終わり、交代要員がぶらぶらとやってきた。監視交代の儀式のようなものはなにもなく、両者が軽くうなずきあっただけで、第一当番の警察官はのんびりと歩み去っていった。

ベイジルはそれまでと同じく三百フィートの間隔を保って、そいつについていった。そいつはベイジルに尾行されていることに気づかないまま、カフェに立ち寄って、コーヒーとサンドウィッチを頼み、新聞を読み、煙草を吸い、そのあとバーに入って、またサンドウィッチとコーヒーを注文した。

やがて、そのドイツ人は腰をあげて、そこから六ブロックにわたってサン＝ジェルマン＝デ＝プレ地区を歩いていき、ヴァロールという細い通りに折れると、その最初のブロックの途中で、ル・デュヴァルというおかしな見かけのホテルに入っていった。ベイジルがあたりに目をやると、カフェが見つかったので、この日二杯めのコーヒーを飲み、ゴロワーズを吸って、その風味を混ぜあわせ、バーテンダーを相手にジョークを飛ばした。無作為チェックにやってきた制服姿のドイツ人警察官の調べを受けると、彼はこの朝に新たに手に入れたロベール・フォルティエであることを証明する書類を見せて、盗難品リストと照会させた（ムッシュ・フォルティエはまだ書類を失ったことに気づいておらず、その名はリストに掲載されていなかった）。そのあと、その警察官はほかのさまざまな可能性を探ってから、彼を放免した。

ようやく彼はカフェをあとにして、ヴァロール通りのほうへひきかえし、するりとその細い街路に入りこんで、ホテル・デュヴァルに近づいていった。外から見たところでは、なにもわからなかった。ベデカー旅行案内書（ドイツの出版社ベデカーが一八二八年に創刊した旅行案内書）によく出てくる典型的な二つ星の商用旅行者用ホテルで、上品ぶったところや上流階級向きの感じはどこにもなかった。飾り気がなく、清潔で、経営状態がいい、ありふれたホテルなのだろう。ヨーロッパの半数ほどのひとびとが毎夜、こういうホテルに寝泊まりしていたものだが、この数年は、ヨーロッパの半数ほどのひとびとが兵舎や掩蔽壕やたこつぼや残骸のなかで寝泊まりするようになっていた。このホテルには目立つ点はなにもない。まさにそうであるからこそ、この捜索を仕切っている人物はここを選んだのだ。そいつもまた、自分と同じくプロだ、と彼は推測した。プロフェッショナルを捕まえるにはプロフェッショナルでなくてはならないということわざもある。

彼は途方に暮れたような顔をして、おずおずとそこに入っていった。ぱっとしない見かけの人間が二、三人、ロビーにすわってドイチャー・アルマーニュ紙を読んだり煙草を吸ったりしているだけだった。彼はフロントに行き、レ・ドゥ・フレールというホテルへの道筋を尋ね、聞きだした。長くはいられなかったが、その場所をすばやくチェックし、そこに関して知る必要があることがらを把握することはできた。

フロントの背後に廊下があり、ベイジルがその先へ目をやると、宴会場かなにか、広い部屋があるのが見てとれた。眠たげな顔をした男たちがぎっしりと、気のない感じですわっていて、部屋の奥のほうでは、まさしく睡眠用に置かれているソファで二、三人が眠っている。警察署のように見えた。

これで判断がついた。ここがドイツ軍の捜索本部だ。

彼はぶらぶらとホテルを出ていった。あとひとつ、あすになるまでに立ち寄らなくてはならない場所があるのはわかっていた。

任務の対象を検分しなくてはならないのだ。

ブリーフィング

「もうひとつの冊子？　大当たりで、大外れだ」サー・コリンが言った。

「〝もうひとつの原本〟などというものがありうるのでしょうか？　定義として、原本は一冊しかありえない。というか、わたしは大学でそのように教わりましたが」

「謎かけのように聞こえるんじゃないか？」とサー・コリン。「だが、現実に、われわれは第二の原本というごくまれなケースに遭遇している。まあ、そのようなケースにね」

「その混乱は、ノエル・カワードがこっそり引き起こしたものだとか？」ベイジルは言った。「彼が書いた笑劇のひとつのように感じますね」

「これはノエルのアイロニーも含んではいるが」提督が言った。「われわれ誇り高い人種の特質がアイロニーであるとしても、この場合は、けっしてそのようなものではないだろう」

「まちがいないのは」ベイジルは言った。「わたしはアイロニーが好きですが、それはほかのだれかに向けられた場合にかぎってということです」

「われわれは先走りしたようだ」とサー・コリン。「まだほかに、話しておかなくてはいけない物語がある。早めに話しておいたほうが、ベイジルが旅の準備に早めにとりかかれるだろう」

「では、話してください、サー・コリン」

「ものごとはすべて、ひとの本性として知られている愚かさと虚栄が軸となってまわっており、とりわけ、野心、罪悪感、後悔、そして貪欲(どんよく)が関わる場合はその傾向が強まる。なんとも驚嘆すべきことに、そのすべてがマクバーニー師の胸のなかで、ごった煮となって燃えたぎっていた。彼については、まだ話していないことがある。信心深いマクバーニーは『イエスへの道』が際限なく売れたおかげで、ささやかな富がもたらされ、金持ちになった。さっき言ったように、彼は田舎の土地に引きこもり、何年か女色と飲酒にまみれながら、しあわせな放蕩生活を送った」

「そんなふうにならない人間がいるでしょうか？」ベイジルは言った。とはいうものの、キャヴェンディッシュ将軍とツーリング教授のふたりについてはどうだろう？　チューリング？　いやチューニングだったか？　彼らならそうはならなくてもおかしくはない。

「いないだろうな。だが、二十二年後、一七八九年になったとき、カンタベリー大主教の代理人が彼のもとを訪れ、英国国教会高教会（アングリカン・ハイ・チャーチ）で講演をおこなうようにとの依頼を受けた。その冊子に記されている道によって幾万もの魂をつつがなく導いたという業績をたたえるため、大主教は彼をグラスゴーのセントブレイズフィールド教会の執事に任命することを望んだ。当時としては、非オックスブリッジの人間がつける最高位だ。そして、トマスはなんとしてもそうなりたいと思った。だが、大主教は、教会の回廊に永遠に展示するために、原本を教会に寄贈するようにと彼に要求した。しかし、言うまでもなく、トマスは原本がどこにあるかをまったく知らず、何年ものあいだそのことを考えてもいなかった。そこで、彼は腰を据え、いかにも実際的なスコットランド人らしく、その冊子を再執筆し、言わばもうひとつの〝原本〟をその手で完璧に、というか、可能なかぎり完璧に複製した。ケンブリッジの司書をおおいに楽しませた、いたずら書きの十字架に至るまでと想定してよかろう。それがグラスゴーへ送られ、そのおかげで、いまは天国にたむろしているトマス・マクバーニーは、どこを歩いていても、彼をたたえる歌を歌い、花弁を投げかける天使（セラフィム）や智天使（ケルビム）に取り囲まれることになったというわけだ」

「神がわれわれに第二の原本を与えたような感じですね」

「それは証拠だ」提督が言った。「神はわれわれの側におわすことの」

「そのとおり。第一原稿の出所は、さっき言ったように、しっかりと確認されている。それには、出版社のオーナーが手ずから記した鉛筆書きの注釈が残っている。だからこそ、それはケンブリッジでおおいに高く評価されている。第二のは一世紀のあいだグラスゴーの教会に展示されていたが、その後、元々のセントブレイズフィールド教会は解体され、一八五七年にもっと堂々とした教会が新築され、どうしたわけか第二の原稿は失われてしまった。ところが、一九一三年になって、それがパリで発見された。どういう風の吹きまわしで、そこに行き着くことになったのかはだれにもわからないが、フランス警察の逸失予防処置によって、その所有者は匿名でそれを文化施設に寄贈し、今日に至るまで、そこの金庫に保管されてきたのだ」

「では、わたしはそこに行って、それをくすねればいいのだと。ナチの鼻先から？」

「いや、ちょっとちがう」サー・コリンが言った。「原稿自体が持ち去られてはならない。だれかがそのことに気づき、ソ連に話が伝わるかもしれないからだ。きみがなさねばならないのは、リガ・ミノックスを用いて、それのページのいくつかを撮影することだ。くすねなくてはいけないのは、それらの数ページというわけだ」

「それで、わたしがそれをくすねたときには、暗号の鍵が与えられるかどうかはそれに懸かっているであろうということなので、このようになるというわけですね。ブレッチリー・パークにいるスパイの名が判明し、ドイツのツィタデル作戦計画がひそかにそいつに伝えられ、スターリンはクルスク突出部の防備を固め、ドイツがもくろんでいる夏の猛攻は逆襲され、兵士たちは一九四七年に死んで天国へ行くのではなく、一九四五年に生きて国に帰れる。われわれの兵士たちだけでなく、彼らの兵士たちも、すべての兵士たちが」

「理論的には」サー・コリン・ガビンズが言った。

「うーん、〝理論的には〟をどう考えればいいものやら」ベイジルは言った。

「きみはライサンダーで飛んでいき、到着後の処理はレジスタンス組織フィリップが請け負い、その後の兵站も彼らがやってくれるだろう。この任務の本質については、まだ彼らには伝えられていない。言うまでもなく、知る者が少数のほうがよいからだ。きみが彼らに詳細を説明すれば、彼らはきみが偵察のためにパリへ行くのを助け、備品や人材の手配や陽動作戦などなど、さまざまな支援をしてくれるはずだ。そのあと、すべてがうまくいけば、きみはライサンダーに拾いあげられて、こちらに帰ってくることになる」

「で、もしうまくいかなかったら？」

「そういうときにこそ、きみの専門技能が役に立ってくれるだろう。そうなった場合は、最大限の揉み消し的行動が必要になる。きみならやってのけられるにちがいない」

「わたしはそうは思いませんね」ベイジルは言った。「ひどくあぶなっかしい話のように聞こえます。さっき言ったように、わたしは狼狽する男なんですよ」

「それと、もちろん、わかっているだろうが、きみはその頭に詰まっている秘密がドイツの手に落ちることがないよう、Lピルを持たされることになる」

「そんなものはきっと、最初のチャンスがありしだい捨ててしまうでしょう」ベイジルは言った。

「気概のある男だな、きみは」サー・コリンが言った。

「それより、わたしはどこをめざせばいいんでしょう？」

「あー、そうだな。リヴ・ゴーシュ地区の、セーヌ川に近いコンティ通りに面した、ある住所を」

「すばらしい」ベイジルは言った。「ただし、そこには、フランスが世界に誇る深甚で膨大な文化の中心的施設、フランス学士院があり、もっとも厳重に警備されていますね」

「そこはすばらしい図書館があることでも知られている」サー・コリンが言った。

「無理難題のように感じられますが」ベイジルは言った。

「それでも、きみはまだもっとも困難な部分は聞いていないんだ」

往時にはそうであったように、そして、たぶん、フォン・コルティッツがこの都市を壊滅させなければ、戦後もふたたび、フランス学士院はこの国の栄光を謳(うた)う施設のひとつとなるだろう。そこは、夜になっても、フランス文化の高い倫理目的を表明する三色旗(トリコロール)がまばゆい光に照らされるところだ。だが、いまは戦時とあって、ライトはわずかな数にならざるをえなかった。

まばゆく光るはずのライトは、もはやまばゆく光ってはいない。そして、コンティ通りに面し、シテ島の鼻先にあって、セーヌ川を見おろし、パリ六区のルーヴル美術館を川の真向かいに見る、多数の国立学芸部門を擁する複雑な構造の単一建築物の丸天井があたりを睥睨(へいげい)しているはずだが、それはもはや睥睨しているようには見えなかった。どこか遠くにあるドイツ軍対空砲座のサーチライトが背後から照らし、少なくともその大きさと形状を浮かびあがらせてはいるものの、それを見分けるには、いまベイジルがやっているように、目を細めなくてはいけなかった。ありがたいことに、ドイツが灰緑色の塗装を施してはいなかったので、それをかたちづくっている白い石材が、少なくともこの周辺にあるほかのフランスの建築物にくらべれば、まぶしく輝いているように見えた。小雨が降っている。道路の石畳が濡れ光っていた。全体が映画の光景のように見えるが、ベイジルはそれにはまったく関心を示さなかった。そんなものは彼にはなんの意味もないものであり、映画のなかで彼が関心を示すのは女優たちだけなのだ。

そんなわけで、彼はその建物がどんなふうになっているかを見ていた。壮麗な列柱のファサード。正確に組み合わされた交差部。丸天井の下方には、広大なエントランスへのぼっていく劇的なまでに広い階段。中央部から、一本の通路が多数の部門に通じていて、そのそれぞれが別棟のなかに置かれている。全体として、それは複雑で、手に負えず、傲慢で、横柄で、自尊心のかたまりだった。その全体が、いわく言いがたいフランスというか、その気取った態度や豊かな国土、あっさりと背信する資質や良心の完全な欠如、強烈な権利意識を表していた。

事前のブリーフィングによって、自分が特に目標とする場所は、中央部から数百フィートしか離れていないところにある、巨大な大理石造り建築物のなかのマザラン図書館だとわかっていた。ベイジルは、セーヌの水が打ち寄せる石造りの河岸を間近にした状態を保ちつつ、川に沿って移動していった。ときおり、タクシーや自転車タクシーがコンティ通りを走っていき、交差するサーチライトが夜空を染めていた。まもなく真夜中に、外出禁止令の時刻になる。だが、彼としてはよく見ておかなくてはならなかった。

マザランは、列柱はなかったが、それ自体が堂々たる建築物だった。列柱こそないものの、それにはフランスの田園地帯にある宮殿のおもむきがあった。古い時代には馬車が乗り入れられていたその石畳の庭園は、いまはたんなる駐車場になっていた。フランスの礼節を守り、部外者の立ち入りを禁じる、巨大なオーク材の二枚扉があった。時刻が時刻だけに、そこは金庫のように固く閉ざされていた。あすになれば、あの扉が開かれるだろうから、なんとか潜入の手立てを見つけだすようにしよう。

だとしても、どうやって？

レジスタンスの助力があれば、警備兵がそこの下方で起こった悶着に対処しているあいだに上階へ駆けあがるという、巧妙な計略を実行することができるだろう。だが、自分はそんなやりかたを選ばなかった。レジスタンスの協力を得るのは、目標に近づく助けにはなるだろうが、それだけでなく、まずはマドレーヌ通り一三番地にあるゲシュタポの地下室でゴムホースによる拷問を受け、そのあとダッハウ送りにされる可能性も生じてくるのだ。

より安全に実行できそうなほかの方策としては、フランスの裏社会との関係を取り結び、プロの盗人に裏口の上方もしくは下方からもぐりこませて、くだんの冊子をなんとかして盗ませ、翌日にそれを元の場所に戻させるというのがあるだろう。だが、それには時間がかかるし、もはやそんな時間はないのだ。〝本日の軍事行動〟として首相から命じられているのに、すでに三日が経っている。クルスク攻撃が開始されるまでに残された期間が、三日減ったというわけだ。

最終的に確認できたのは、すでに知っていることだけだった。手立てはひとつしかない。それは〝ファベルジェの卵〟（金細工師ファベルジェの製作になる宝石で装飾した金製の卵形飾り物）を扱う場合のように、微妙な手際を要する。いつなんどき、だれかが注意を向けてきても、それが最小限ですむようにしなくてはならない。とりわけ、なにかが起ころうとしていることをドイツが察知して、高度に警戒し、いつでもその場所に警官や凶悪な連中を送りこめるようにしているとすれば。これを実行するには度胸と演技の才能、そしてなによりも適切な身分証明書が必要となる。

ブリーフィング

「やろうという気はあるか？」サー・コリンが言った。「このすべてを知ってもなお、やろうという気はあるか？」

「少なくとも、それをする理由はわかりました」

「なんと言うか」キャヴェンディッシュ将軍が言った。「前世紀のバラクラヴァの戦い（クリミア戦争における激戦のひとつ）における惨劇に言及するのはやめてもらいたいもんだ。わたしはあの戦闘で命令を出したラグラン男爵ではなく、きみはカーディガン伯爵率いる軽騎兵団の一員ではなく、ラグランの命令を誤って伝えて大損害を招いたノーラン大尉のような者はここにはいない。あの事例を持ちだすのは不適切だと考える」

「それなら、将軍、なぜあなたがたのような高級将校はみな、あれよりはるかに困難な〝本日の軍事行動〟をさせるために、連日、あれよりもっと不注意に兵士を死地へ送りだしているのかとお尋ねしなくてはなりません。あなたがたはまばたきひとつせず、部隊をどんどん虐殺の地へ送りこんでいる。灰色の艦艇がつぎつぎに棺（ひつぎ）と化し、何百人もの兵士とともに海の底へ沈んでいく。それが戦争というもの（セ・ラ・ゲール）です。航空機が爆発して、落下する松明（たいまつ）となっても、涙を流す者はいない。だれもが各自の任務を果たさねばならないと、あなたがたはおっしゃる。そして、なおかついま突然、わたしに対し、あらゆる危険と不確実性がつきまとい、成功の見込みがとても薄い任務をやれと言いだした。それはまさしく、バラクラヴァの戦いを彷彿させるものです。わたしが死ぬはめになるのはしょうがないとしても、だれもそのことに良心の呵責（かしゃく）を感じないのでしょうか」

「それはじつに正しい指摘だ」

「あなたがたが明かそうとしない秘密というのは、そこのところなんでしょうか？」

「わたしが明かそう。それだけでなく、いまようやく、それを明かすべき時が来た。われわれ全員が飢えたり、アルコールの禁断症状を呈したりする前に」

「しかと傾聴させてもらいます」

「この委員会のなかに、首相を動かすことができる人間がひとりいる。彼は大きな力を有している。このきわめて異例の提案を主張したのは彼であり、われわれにきみへのブリーフィングをさせ、最高度の機密性を有する情報を持たせてきみを送りだそうとしているのは彼なんだ。では、彼に発言させよう」

「それでは、比喩的論理として、わたしはノーランということになるでしょう」チューリング教授が言った。「バラクラヴァの戦いにおけるノーラン大尉と同様、このすべてがわたしの不確かな能力に懸かっているというわけです」

「そこまで不確かなものではないだろう」とサー・コリン。

「教授に説明をつづけさせてください、サー」ベイジルは言った。

「わたしは暗号解読の成功によって、ユニークな力を持つようになりました。首相に気に入られ、わたしのやりかたでやるようにと言われたのです。それで、軍の幹部のみなさんとともにこの委員会に、このわたしが、ケンブリッジの比較的新しいカレッジのひとつの教授にすぎないわたしが、座を占めているというわけです」

「教授、これは倫理的要請によるものなんでしょうか？　あなたはわたしを死なせる前に、赦しを求めようとしているのか？　それはけっして必要なことではない。わたしが死ぬかどうかは神しだいであり、神はそれをするのにふさわしい時だと見なしたとき、そのようになさるでしょう。長年にわたり、何度も、神はそれをするにはふさわしくない時だと見なしてこられた。たぶん、神はわたしを見放し、この世から取り除こうとなさってるんでしょう。だから、教授、幾多の人命を救ったあなたではありません。わたしが行くとすれば、上層部の連中の命令によってです」

「よく言ってくださった、大尉。しかし、ことはそれだけではありません。まだ先に別の恐ろしい話が待ち受けており、あなたにはその重荷も負ってもらわなくてはならないんです」

「どうぞ、つづけてください」

「ご承知のように、だれもがわたしを天才だと思っています。しかし、もちろん、ほんとうのわたしは欠点だらけの軟弱な男です。詳しく語る必要はないでしょう。それはともかく、わたしは肝がつぶれるほど恐ろしい可能性がひとつあることを見いだしました。あなたがこの任務を引き受けるかどうかは、その可能性がどういうものかを知ってからにしたほうがいいでしょう」

「つづけてください」

「たとえばあなたが勝利するとしましょう。それには、多大な代価、大いなる試練、肉体と精神のエネルギー、士気などが必要となります。そしてたぶん、パイロットやレジスタンスの活動家が死んだり、戦争につきものの気まぐれによって、だれかが流れ弾を食らって命を落としたりといったようなことも起こるでしょう」

「はい」

「そのすべてが真実であると想定しても、あなたはそれを持ち帰ってきて、疲労困憊(こんぱい)し、火炎にあぶられたようなありさまで、わたしの前にすわり、わたしにそれを、激務の収穫物であるそれを、手渡すでしょう――そして、わたしはそのいまいましい暗号を解読できないのです」

「教授、わたしには――」

「彼らは、軍の幹部たちは、わたしはできると考えています。ひとに〝天才〟のタグをぶらさげれば、すべての問題が解決するというわけで。しかしながら、世の中にはできないこともあり、わたしは、できないことはできないのだと言っておきます。あなたが持ち帰ってきたいくつかのページが、意味ある解答を生みだすほど原本に近いものであるという保証はなにもありません。これで、わたしが置かれている立場はノーラン大尉とまったく同じであることがおわかりになったのではないでしょうか？」

「われわれはいやというほど何度もそのことを話しあってきたでしょう、チューリング教授」サー・コリンが言った。「あなたはやってのけられるだろう、この問題を処理してくれるだろうと、われわれは信じている。われわれはあなたの能力を信頼し、あなたが気乗り薄なのは神経質な性格と場慣れしていないことに起因すると考えている。それだけのことだと。原本との変異がそれほど大きいはずはなく、われわれは必要なことを把握できるはずだ」

「この種の仕事についてはなにも知らないひとたちがこれほど自信たっぷりになれるのは、おおいにけっこうなことです。しかし、大尉、あなたには真実を語らなくてはなりません。これは失敗に終わるかもしれない。偉大なチューリングと言われるわたしでも、やってのけることはできないかもしれない。もしそうなった場合は、へりくだって、あなたの赦しを乞うことになります」

「なんと、ばかな」ベイジルは言った。「英国でもっとも聡明な男でも解読できない結果になったとしたら、それはだれにも解読できないことを意味します。そんな思いは捨ててください、教授。わたしはよけいなことは考えずに出発し、自分が知るかぎりの方策を駆使して自分の役割を果たし、もし帰還することができたら、あなたがあなたの役割を果たす。途中でなにかが起こったら、起こってしまったことはしょうがないと。では、紳士のみなさん、ことを急いだほうがよいのではないでしょうか？わたしは航空機に乗りこまねばならず、まだ荷造りもしていませんので」

任務

もちろん、ひとは通常、誂(あつら)えではない服で外出したりはしない。そんなことがあってはならない。ベイジルのテイラーはジャーミン・ストリート一五番地にあるデイヴィーズ&サンのスティード-アスプルで、スティード-アスプルは（顧客たちには〝スティーディ〟で通っている）、ウィンザー公御用達の天才テイラー、フレデリック・ショルティの弟子であり、それは彼がイングリッシュ・ドレープ（上着の胸からウエストにかけて優美な曲線を描くようにつくられたスーツ）の達人であることを意味していた。彼が仕立てる服はぎょっとするほど華やかで、非の打ちどころがない。しわくちゃになることはけっしてない。重力にひっぱられると、ひとりでにすばらしい形状を取り戻して、まっさらに近い状態になり、日射しを受けると、その生地は、多民族が混合するズデーデン地方のごとく、さまざまな濃淡を成す灰色の上に闇に踊る光がちりばめられたような風合いを呈する。

ベイジルは大金を支払って、少なくとも三着の上着を誂えさせており（スティード

‐アスプルは新規の顧客は取らないが、この戦争のせいで、いまはまだにしても、いずれは空きができることになるかもしれない）、その上着への欲求に駆られはしても、もちろん、そっけなくほほえみ、短いが本心からの慚愧の表情を浮かべただけで、ツイードを着た王として、あるいは〝ツイードの王〟として、歩を運んでいた。

いま着ているスーツはひどく失望させられるものだった。これは中古衣料品店で購入したスーツで、そこの店主は自信たっぷりに高級品だと言い放ったが、生地のウールが最悪であるために、そのドレープは最悪だった。田舎のテイラーが信じこんでいるのとはちがい、ウールならなんでもいいというわけではない。ウールが最悪なせいで、生地にねじれやしわができてしまい、ズボンの折り目がすぐに薄くなり、すでにボタンがひとつ取れていた。股上がゆるみ、だぶつき、ぶかぶかになっていた。日射しを浴びれば、いくぶんてかてか光る。上着の前ボタンをふたつとも留めると、ガードルに締めつけられたような感じになる。ボタンを外せば、ブルーのピンストライプの旗をまとったようになり、風を受けると、すぐに両側がひらひらする。これでは、自分が所属している社交クラブに入ろうとしても、入れてもらえないにちがいない。

それでも彼は、この朝は自分の見映えをよくしたいと強く思っていた。なんといっても、これからドイツの占領地のなかで大仕事をやらかそうとしているのだ。

「言っておくが、われわれはもっと厳格であるべきだ」親衛隊少佐フォン・ボッホが主張した。「連行されてきたパリの連中は、われわれを軽視している。ポーランドでは、われわれはいくつもの法律を制定し、鉄血政策でもって民衆を押さえこみ、あらゆるできごとを迅速に解決してきた。ポーランド人はみな、不服従は大広場でロープに吊されてポルカを踊る結末になることをわきまえている」

「たぶん、彼らは食料不足のせいで反抗する気力を失っているんでしょう」マハトは言った。「いいですか、あなたは対象をまちがっている。あなたは治安と、民衆を服従させる楽しみに関心を向けている。それらはあなたにとっては必要な目標であり、成功への欲求を強めてくれるものにちがいないと思えるんでしょう。わたしの目標ははるかに限定されています。くだんの英国のエージェントを逮捕したいというだけのものです。それをするためには、わたしは平穏な背景、ほぼ固定した日常の動きのなかから、そいつだけを浮かびあがらせるようにしなくてはならず、それによってのみそいつの居場所を突きとめられるでしょう。そいつを逮捕するには、たんなる銃にものを言わせての襲撃ではなく、組織的なやりかたをしなくてはならない。あなたがひっかきまわせば、ヘル・シュトゥルムバンフューラー、なんの成果も得られないであろうと断言しましょう。この件に関しては、わたしを信頼してください。わたしはこれまでに何度も人狩りを指揮して、成功をおさめてきたんです」

もちろん、フォン・ボッホはなにも言いかえさなかった。彼はマハトのようなその道のプロフェッショナルではなく、それどころか、この戦争が始まる前は電気掃除機のセールスマンであり、しかもそれほど有能ではなかったのだ。

「われわれはいたるところに監視員を置いています」マハトはつづけた。「ムッシュ・ピエンの写真を入手しており、その写真はあの愚かなショルのかたわらにすわっていた男にとてもよく似るように微妙な修正が施されているので、わが部下たちの大きな助けになるでしょう。きょうの天候は好都合です。この程度の日射しなら、監視員たちは木陰に隠れようとはしないし、雨を避けて軒下に入り、そのために視野が限定されてしまうことにもならない。雨が降っていないというのは、それだけでなく、街を巡回しているわれわれの自動車がワイパーを動かして雨滴をぬぐうという、やはり視野が限定されながらの捜索をする必要はないことを意味します。われわれはこの地に来たときから慎重に育んできた情報源に当たる作業を継続します。この仕組みはうまくいくでしょう。きょうのうちに収穫が得られるであろうと保証します」

そのふたりは、ホテル・デュヴァルの宴会場で、非番になって、うたた寝をしている捜査員たちのなかで、テーブルを前にしてすわっていた。衛生状態を考えていられないほど多忙な日々がつづいているため、煙草の吸い殻や、吸いさしで消された葉巻、そしてパイプからたたきだされた葉の燃えがらから出る悪臭が、室内に濃密に漂い、冷めたコーヒーのにおいもしていた。だが、人狩りではこのような状況になるものであり、マハトはそうと知っているが、フォン・ボッホは知らない。まだなにも成し遂げられておらず、なにかの収穫を待つしかなかった。収穫があれば、それをもとに慎重に行動し――

「マハト大尉？」声をかけたのは彼の補佐官、アベルだった。

「うん？」

「パリの司令部から、フォン・コルティッツの配下のひとびとが。彼らは報告を求めています。車を差し向けたとのことで」

「おっと、くそ」マハトは言った。とはいえ、こういうことになるのはわかっていた。大物政治家たちが首をつっこんできて、懸念し、保証を求め、責任逃れに走ろうとしているのだ。ときには活発には動かず、これ見よがしの儀式的で無意味な行動をすることで精力の浪費をせず、事態を放置しておくほうがよい場合があるのだが、それを理解している人間はどこにもいない。

「わたしが行こう」上官の前にしゃしゃり出るチャンスはけっして逃そうとはしない、フォン・ボッホが言った。

「申しわけありませんが、サー。彼らはマハト大尉を指名しておりまして」

「くそ」マハトはトレンチコートを置いた場所を思いだそうとしながら、またそう言った。

ホテル・デュヴァルからひとつ北にある街路で、ベイジルは探していたのにぴったりのものを見つけた。それは黒塗りのシトロエン・トラクションアヴァンで、大きな無線アンテナ(エアリアル)が付いていた。明らかに無線自動車だ。ドイツ軍が人狩りをするために、何台かの無線自動車を戦略的にパリ六区に配置していて、これはその一台なのだ。こうすることで、監視員は遠く離れていても本部に通報して、部隊を派遣させることができる。

うまいぐあいに、街路の反対側に一軒のカフェがあったので、彼はそこのテーブルの席にすわり、コーヒーを注文した。例によって、静かに観察をしていると、新たなドイツ軍監視員がぶらぶらと近づいてきて、車のなかへ身をかがめ、なにも見つからなかったことを報告した。よく組織されている。三十分ごとに、監視員のだれかがやってきた。それぞれの男が、二時間間隔でやってくる。つまり、ここに歩いてくるのは立ち番からのひと休みというわけだ。このようにすれば、指揮官は秩序だったやりかたで部隊に新たな情報を伝えることができるし、各監視員の見張り地点が変わっていく。それだけでなく、四時間ごとに、自動車自体にもエンジンがかかり、乗車している二名が街路の角にいる同僚たちのところへちょっと車を動かしていた。要は、コミュニケーションを明確に保ち、その男たちが仕事の意欲を失わず、監視業務だけに専念するようにするためだ。だれが指揮を執っているにせよ、そいつは前にもこういうことをやった経験があるのだ。

ベイジルは別の要素にも気づいていた。どうしたわけか、彼らは写真のように見えるものを所持している。彼らはそれを見て、だれかにまわし、すべての会議において頻繁にそれを参照しているようだ。自分の写真があるはずはないので、おそらくは似顔絵の写真だ。それは、早急に行動しなくてはいけないことを意味していた。写真であれ似顔絵の写真であれ、それが回覧されるにつれ、自分の人相がよく知られるようになって、発見される可能性が大きく増していくだろう。きょうはまだ、そのイメージは目新しく、絶えず見なおさないと記憶にとどめられないだろうが、あすになれば、こいつがそうだと判別をつけなくてはならない人間はみな、こいつがそうだと判別をつけられるようになるにちがいない。いまがその時だ。〝本日の軍事行動〟の。

捜索スケジュールが完全に理解できたように感じられ、いまから少なくとも三十分間はだれも自動車に報告することはない空白の時間になるのが明らかになった時点で、彼は行動すべき時が来たと判断した。時刻は午後の三時。パリの春の午後とあって、ちょっぴり肌寒いにしても、空は晴れている。青空の下、ぶらぶらとサン＝ジェルマン＝デ＝プレ地区を歩いていくと、歴史の古い都市のひどく見慣れた名所がいたるところで目に入ってきた。車の流れに音楽があり、歩行者にも、ウィンドウショッパーにも、ペストリーをぱくついているひとびとにも、カフェにすわっているひとびとにも、際限なく通過する自転車にも、カートに客を乗せて引いているひとびとにも、ぽつんとひとりでいるひとびとにも、それなりのリズムがあった。この巨大都市は、占領下にあろうがなかろうが、〝本日の軍事行動〟があろうがなかろうが、いつものように活動しているのだ。

彼はとある裏通りに入り、この朝、まだ暗いうちにそこに置いていたワインのボトルをつかみとった。だが、そのなかに満たされているのはワインではなく、ムッシユ・ドゥ・クレールの車庫にあった十リットルの錫製容器から拝借したガソリンだった。ボトルの口には、コルクではなく、丸めたコットンの塊が栓として詰められ、その栓から長さ六インチの紐がぶらさがっていた。SOEの仕様に正確に準拠して製造された、ガソリン爆弾だ。彼はこれまでそれを製造した経験はなく、いつもはエクスプローシヴ808と呼ばれるプラスティック爆薬を使ってきたが、ここでは808は手に入れられないので、ガソリンを用いることにしたのだ。何年も前から置かれていたしろものかもしれないが、それでもうまくいくにちがいない。彼はボトルを新聞紙で包み、それを傾けて、栓にガソリンを染みこませてから、気楽なようすで歩きだした。

ここが手際を要する部分だった。近辺で監視をしているドイツ人たちや、街路にいるパリジャンたちが、こちらに目を留めるかどうかが問題であり、彼らが目を留めるか、なんらかの行動を起こすかどうかにすべてが懸かっているのだ。彼らはそうはしないだろうとベイジルは予想していた。というより、そうはしないだろうというほうに賭けていた。パリジャンは用心深いのだ。

好都合なことに、孤立した場所に、両側のドアが開けっぱなしになったシトロエンが駐車していた。ベイジルは、退屈しているその乗員たちと目を合わせないように心がけた。その前にちらっと見たところでは、ひとりは居眠りをしないようにとシートにもたれて、のびをしていて、もうひとりは狭い後部シートを占領している無線装置につながった有線送受器で会話をしていた。もし彼らに目を向けたら、彼らはこちらの目の圧力を感じるかもしれないと思った。狩る者の本性を持つ連中は、攻撃される気配に奇妙なほど敏感で、そういうことを感じる場合がときにあるのだ。

ベイジルは、一九三五年には渇望の的だったが、いまではパリのどこにでもある、そのずんぐりしたセダンの後部ウィンドウからの視界に入らないようにしながら、斜めに接近していった。それの燃料タンクは後部にあり、これもまた好都合な材料だった。彼は最後の瞬間、身をかがめて、後部タイヤの下へボトルをつっこみ、新聞紙をひったくってから、ライターに点火して、布紐の端に炎を当てた。ほんの一秒ですべてをやり終え、なにもしなかったような顔でそこを離れる。

それは爆発しなかった。爆発ではなく、ボトルは一気に空気を吸いこんだような感じで割れ砕け、黒ずんだオレンジ色の炎が車の下の空間に渦巻き、つぎの瞬間、ガソリンタンクに引火した。やはり爆発ではなく、白熱した猛烈な炎が百フィートの高さまで噴きあがって、麗しき古都の顔色を失わせ、周辺へ熱波を送りこんだ。

二名のドイツ人警察官は、ある意味、威厳を奪いとられただけで、負傷はしなかったが、どちらも、人類に刻印された原初からの炎への恐怖に駆られ、狂ったようにドアから転がり出た。ひとりはつまずいて、地面に膝と手をつき、なにかの獣のように四つん這いで、大火炎から必死に離れていった。パリの市民たちもまたパニックに陥り、いたるところで悲鳴があがるなか、数秒前に自動車から発生した火災からあわてて逃げていった。

ベイジルは一度もふりかえらず、すばやく街路を歩いていき、やがてヴァロール通りに行き着くと、そこへ折れた。

フォン・ボッホが、こういうフランスのシュークリーム(クリームパフ)はきわめて注意深く食さねばならないとアベルに講釈をしている最中、ひとりの男が宴会場にどたどたと飛びこんできて、叫んだ。

「われわれの無線自動車の一台が爆破されました。攻撃です！　レジスタンスが来たんです！」

男たちが即座に行動を起こす。ＭＰ-40短機関銃が保管されている小部屋の銃架へ三名が駆けつけ、その強力な武器をつかみあげた。アベルが電話室に急行して、パリの司令部へ報告を入れ、即刻の部隊派遣を要請する。ほかの面々も、ホルスターからワルサーやルガーの拳銃を抜いて、オーヴァーコートをつかみとり、現場へ行って指揮を執るための用意をした。

　親衛隊少佐フォン・ボッホはなにもしなかった。恐怖に駆られ、根が生えたようにすわっていた。彼は臆病者ではないが、その崇拝の対象は厳格性と苛烈な尋問手法がすべてであって、予期せぬ事態には適切に対処できず、そのような事態が起こると、つねに心が空っぽになって、中身が床に散乱したようなありさまになり、茫然自失状態ですわったまま、一分かそこら中身が心のなかに戻ってくるのを待つことになるのだ。

　この場合、心の中身が満たされてきて、ふとわれに返ると、彼は部屋のなかにひとりきりでいることに気がついた。彼は立ちあがり、より敏活な同僚たちのあとを追った。

　街路に出ると、そこは逃げ惑うパリジャンだらけで、彼はその波に逆らい、彼が何者であるかをまったく知らないひとびととぶつかったり、押されたりしながら、進んでいった。とりわけ、突進してくるヘヴィー級の男とぶつかったときは完全に地面にあおむけに倒れこみ、その男に手を貸されて立ちあがってから、また先を急ぐというありさまになった。ろくに前進できないとあって、親衛隊少佐は自分のちっぽけなワルサー9ミリ・クルツ拳銃を抜き、薬室に弾が入っていたかどうかを思いだそうとしながら、へたなフランス語で、「道を空けろ！　ドイツ軍将校だ、道を空けろ！」と叫びだし、その拳銃を、群衆を散らせる魔法の杖かなにかのようにふりまわした。

群衆は散らなかった。フランス人たちはそれほどまでにパニックに取り憑かれていたのだ。そこで、彼がほかの街路へ移動すると、こんどはもっと容易に進めるようになった。その街路を通って、サン＝ジェルマン＝デ＝プレに入り、つぎに右へ折れると、そこに蛮行の場があった。五号無線自動車が、いまなお明々と炎上している。ドイツの平服警官たちがその周囲に非常線を張りめぐらし、市民を寄せつけないようにMP‐40を構えていたが、言うまでもなく、ドイツ人の自動車に関心を持つ市民はまったくいなかったので、その街路はほとんど無人となっていた。混みあう大通りの交通が停滞して、消防車がなかなか進めず――クラクションの音がはるか遠方から聞こえてくるだけで、これでは明らかに、消防車が到着するころには無線自動車はほとんど黒焦げになっているだろう。二名の平服警官が――ひとりはフォン・ボッホのSS部隊に所属するエスターリッツで、もうひとりはアプヴェーアの捜査官だった――くたびれはてたようすで縁石にすわりこんでいて、アベルがそのふたりに話しかけようとしていた。

フォン・ボッホはそこへ走っていった。

「報告せよ」駆けつけるなり、彼はぴしっと命令したが、だれも彼に注意をはらおうとはしなかった。

「報告せよ！」彼は叫んだ。

アベルが彼に目を向けてくる。

「このふたりから人相を聞きだそうとしているところでして。どういうやつを探せばよいかがわかるように」

「即刻、両名の身柄を拘束し、もしなんの情報も得られないようなら、彼らを処刑するんだ」

「サー、犯人はまだこの地域にいるはずです。全員にたしかな人相を教えて、あらゆる方角へ送りだすようにしなくてはなりません」

「エスターリッツ、なにを目撃した？」

エスターリッツがうつろな目で彼を見る。間一髪の脱出に火炎の熱と、そのすべてが出しぬけに起こったことで、頭が混乱しきっているのだ。そんなわけで、彼の説明をアプヴェーアの捜査官がそのまま伝えることになった。

「いましがた中尉に話したように、あれはあっという間のできごとでした。爆弾が破裂する前、最後の瞬間に、自分はこう思いました。青のピンストライプ・スーツを着た男がサン＝ジェルマン＝デ＝プレを北へ歩いていて、そのスーツの仕立てがよく、このファッションに敏感な街でそんな男を目にするのは驚きだ。そしてつぎの瞬間、われわれの背後で猛烈な炎が噴きあがったのです」

「ろくでなしめが」フォン・ボッホは言った。「真っ昼間に殺人をやらかそうとするとは」

「サー」アベルが言った。「おことばを返すようですが、これは暗殺作戦ではありません。そいつがこのふたりを殺そうとしていたのなら、開いた窓から車内へ火炎瓶(モロトフ)を投げこんだはずです。ガソリンが燃えあがって、ふたりを包みこみ、焼け死なせていたでしょう。そいつはそうはせず、ガソリンタンクに引火させただけだったので、彼らは脱出することができたのです。そいつは彼らのことはどうでもよかった。それが狙(ねら)いではなかった。そうは思いませんか？」

フォン・ボッホは、部隊の面前で下位の者に反論されたせいで、どぎまぎしながらアベルを見つめた。これはSSの流儀にそむくものだ！　それでも彼は、無知な警官野郎に怒りを噴出させても意味はないと考えて自制した。

「なにを言いたいのか？」

「これはなにかの陽動作戦です。そいつはわれわれの全員をここに来させ、この本質的には無意味なできごとに注意を集めさせようとした。そいつはより大きな目的を遂行するために、これをやったのです」

「わたしは――わたしは――」フォン・ボッホはしどろもどろになった。

「最後まで聴取をやらせてください。そのあと、ほかの全車輌にそいつの人相を伝え、各自の配置地点にとどまれと命じることにします。ここに部下たちを来させ、この混乱の場に足止めにして、車が燃えつきるのをながめさせていても、なにも成し遂げることはできません」

「それをやれ！　それをやれ！」フォン・ボッホは、まるで自分がそれを思いついたかのような調子で、叫んだ。

　ベイジルは十分とかけず、まだクラクションの音が遠方から聞こえているあいだに、マザラン図書館にたどり着いていた。あの騒動は、最終的に終息するまでの数時間、パリ六区の活動を停滞させるだろうし、その同じ時間、ドイツの対応に混乱を生じさせることになるだろう。時間の余裕ができたのはたしかだった。たっぷりではないものの、たぶん、じゅうぶんなくらいの。

玉石敷きの庭を通りすぎ、扉に近づいていくと、そこには二名のフランス警察の警官が立っていた。

「公用限定です、ムッシュ。ドイツ軍の命令でして」警察官のひとりが言った。

彼は身分証明書類を取りだして、冷ややかに言った。

「日光浴をしながらフランスの警官たちとおしゃべりをするために来たわけじゃない。公用だ」

「はい、承知しました」

彼はひろびろとした聖なる場所に入りこんだ。細長い閲覧室の上部には回廊があり、とても低い手すりに取り囲まれていた。どの閲覧用の机からでも、上層の回廊をどこまでも見てとることができるだろう。たくさんの書棚が並んでいて、窓を除くすべての壁面に書棚が置かれている。その高さは、通常の書架の高さをいくぶん超えて、床から天井まであった。膨大な数の書籍が外からの音をすべて吸収して、そこを静かにしているように思えた。そんなわけで、硬い床を踏んで中央デスクへ近づいていっても、その背後にいる女性はほとんど彼に気づかなかったようだ。それでも、彼が注意を引こうと書類をふると、女性はすぐさま礼儀正しく応対した。

「重要な用件で来ました。即刻、こちらの館長（ル・ディレクトゥール）と話をする必要があります」

彼女が立ち去り、ひきかえしてくる。ついてくるようにと言った。ふたりがエレベーターのところに行くと、色褪（いろあ）せた勲章をぶらさげ、うつろな目をし、背中が曲がった第一次世界大戦の退役軍人がいて、ケージのような籠（かご）の前にあるゲートを開いた。ふたりは機械の力で二層上へ持ちあげられ、やはり書籍の並ぶ回廊を通って、とあるドアにたどり着いた。

彼女がノックをし、入室する。彼があとにつづくと、山羊（やぎ）ひげを生やし、フロックコートのようなものを着ている老いたフランス人の姿が見えた。

「わたしは当館の館長、クロード・ドゥ・マルクです」フランス語で男が言った。

「どのようなご用件でしょう？」

「ドイツ語は話せますか？」

「はい。ですが、母国語のほうが流暢です」

「では、フランス語で」

「どうぞ、おすわりを」

ベイジルは椅子に腰かけた。

「さて――」

「その前に、この訪問はあなたへの好意に基づくものであることを理解してもらわねばなりません。わたしが別の選択をすれば、武装した部隊を伴ってくることになったでしょう。この施設を封鎖し、全職員の書類を吟味し、この施設の影響力を探ったり、書籍をあたり一面に撒き散らしたりしながら、ぶしつけな質問をすることになったかもしれないのです。それがドイツの手法でして。ことによると、あなたのようなおにすましたフランスの知識人のつねとして、ユダヤ人をひとり、かくまっているかもしれない。ユダヤ人どもは好ましくないし、ユダヤ人をかくまうのは好ましくない。わたしがなにを言いたいかはおわかりですな？」

「はい、わかっております。わたしは――」

「しかし、そうはせず、わたしはひとりで来た。われわれは文人どうしとして、信頼と尊敬に基づく関係を取り結ぶほうが適切であろうと考えたのです。わたしはライプツィヒ大学の文学部教授であり、戦争が終われば、そこに復帰したいと思っています。わたしはあそこの図書館を慈しんでいる。この図書館を、いかなる図書館をも。図書館は文明の源泉なのです。同意なさいませんか？」

「同意します」

「それゆえ、わたしの目標のひとつはこの図書館の完全性を維持することとなります。なによりもまず、そのことをわかっていただかねばなりません」

「うれしく思います」

「では、話を進めましょう。わたしは第三帝国(ライヒ)の、きわめて高水準にある科学研究室の代表者として来ました。その研究室はある種の稀覯書に関心をいだいています。わたしはそこの指揮官によって、ヨーロッパの偉大な各図書館に収蔵されているその種の書籍の目録を編纂する業務を命じられたのです。あなたの助力を期待しています」

「どのような書籍でしょうか?」

「あー、そこが微妙なところでして。あなたのほうで裁量していただくのがよかろうかと」

「よろしいですとも」

「その研究室は、人類の性的関係を題材とする書物に関心を持っています。その関心は、男性と女性との関係だけでなく、その他種々の結びつきにもおよんでおりまして。マルキ・ド・サドやオウィディウスなども取りあげられており、それだけにとどまらないのはたしかです。芸術の表現手法も関心の対象です。古代の芸術家たちは、その種の行動の描写により直截(ちょくせつ)的でした。たぶん、こちらには、そのような絵画や彫刻、フリーズ（小壁に施された彫刻や絵画）の写真が保存されているのではないですか？」

「サー、それは品性に関わることだと――」

「これは品性に関わる事柄ではありません。科学に関わる事柄であり、それが導くところへ行かねばならないのです。われわれは人類の性的志向の研究に取り組んでおり、それは直截的に、その分野の専門家として、迅速になされねばならない。われわれは優生学の力を行使して、人類の最良の知性を増殖させるための方法を見いだそうとつとめている。その解答が性的行動のなかに存在するのは明らかです。未来への道筋を描くためには、恐れることなく、その種の事柄に精通しなくてはならない。われわれは未来を確実なものにしなくてはならないのです」

「しかし、ここには猥褻な著作物はありません」

「では、あなたは、徹底的に、公正に、冷静に、そして入念に吟味するというドイツ人の属性を知ったうえで、そのただひとつの保証で事足りるとお考えになると？」

「ならば、そこへご案内することに――」

「よろしい。それを期待していたのです。一時間もあればじゅうぶんでしょう。だれにもじゃまをされることなく、こちらの稀覯書書庫を調べさせていただく。お望みなら、白手袋をはめましょう。わたしは自由に正確な調査をおこない、ここにはあなたが主張しておられるように、その種の著作物はなにもないのか、あるいはその種の著作物がいくつかあるのかを確認し、指揮官に報告しなくてはなりません。ご理解いただけましたか？」

「白状します。ここの秘蔵書のなかに、一七九一年にルーアンで出版されたマルキ・ド・サドの『ジュスティーヌあるいは美徳の不幸』初版本があります」

「それらの書籍は年度順に配列されている？」

「そうです」

「では、その年度から始めましょう」

「どうか、できるだけ――」

「調査をするだけであり、なにも乱されることはありません。完了したら、あなたは最大限の協力をしたことをドイツ軍将校たちに保証する書類をわたしが作成する。そして、それに署名をしましょう。それで、あなたは将来、大きな困難を回避できるようになるにちがいありません」

「じつに情け深いご配慮であります、サー」

ようやく、彼はマクバーニー師とふたりきりになれた。あんたに会うために長い道のりを歩んできたんだぞ、このスコットランドのろくでなしめ、と彼は思った。さて、あんたからどんな秘密を引きだせるか、そこのところをたしかめてみよう。

フールスキャップ判紙に手書きで記されたマクバーニーの項目があり、飾りのある古びたフォルダーの上に、『イエスへの道』の文字がつづられていた。それは、一七八九年と記された抽斗のなかに、あっさりと見つかった。そのなかに、経年変化による傷みから守るため、パラフィン紙に包んで保管されていた。彼は慎重にそれを取りだして、テーブルの上に置くと、パラフィンのボディガードを解いて、秘蔵の品をあらわにした。聖職者自身が丸みを帯びた書体で流麗につづった、いまはインクが茶色く色褪せたページをめくっていく。十八世紀の流行として、それぞれの文字が優雅で軽快に書かれ、文字を構成する各部が鳥の羽のようになめらかに太くなったり細くなったりしていて、全体として風雅な滝のように見えた。句読点が正確に、たくみに、周到に打たれていて、それは読点(カンマ)のひねりや強さ、そして（句読点より数が多い）セミコロンに関しても、当てはまっていた。筆跡自体が神へのおのれの愛を伝えるものと考えていたかのようだ。すべての名詞が大文字で始まり、〝S〟と〝F〟は書体の専門家でないと判別がむずかしいほどよく似ており、まるでこの男が文字を書く労苦を軽減しようとしたかのように、小さな上付き文字がいたるところにあり、あの世紀には“the”という語が“ye”と記されることがよくあったので、“ye”が頻繁に出てきた。すべての文字が、かつらをかぶり、シルクのストッキングを穿いて靴下どめで留め、ハイヒールを履いて、踊りながら、ページからページへつま先立ちで移動していくような感じに見えた。

だが、そこには気色の悪い特徴もあった。クリーム色のよごれとなった飛沫が点々と残っていた。たぶん、ワインやティーその他、十八世紀の高位のスコットランド人の食器棚にあったいろいろなものが飛び散った跡だろう。狂気が、あるいはそのもととなった老境の飲酒が汚点を残したかのように、文字のいくつかは線がねじれ、ページ自体もゆがんだ感じになっていた。晩年のマクバーニーは絶対禁酒主義者ではなかったと言われているのだ。

狂気をより強く感じさせる痕跡は、線画だった。くだんの司書は、『ケンブリッジ図書館稀覯書』についての書物を出版したとき、この聖職者がときおり芸術的衝動に駆られたことに気づいていた。といっても、性器や裸の少年、ペティコートを身につけた姦淫女や豚と性交している農夫などが描かれているわけではない。マクバーニーの肉欲はそれほどあらわに、むきだしに表出されてはいなかった。そうではなく、この男はイエスにまつわるいたずら書きをしていた。気持ちを抑えておくことができなかったので、どのページも、その下部に記されたページ番号の横や余白の部分に十字架の花冠や聖なる天の川が描かれ、頂点がシルエットとなった十字架の上には天使のスケッチがあった。イタリアの天才芸術家がローマの建築物の天井に描いた神の手がアダムの手に触れようとしている絵画の、粗雑な模写物だ。ところどころに、神に敵対する角を生やした悪魔までが出現していた。それらは、悪魔（ルシファー）の狡猾さと邪悪さを示唆するように、荒っぽい少数の線からなり、描写は丹念ではなかった。この聖職者は神への最後の献身を死に物狂いに果たそうとして苦悶していたように思えた。

ベイジルは急いで仕事に着手した。ここは、どこよりもぐずぐずしてはいられない場所だ。彼は左脚の脛（すね）に隠し持っていたリガ・ミノックスを取りだし、頭上の照明が見たところ適切であることを確認した。技術部門がきわめて高感度の二一・五ミリ・フィルムを用意してくれたので、フラッシュは不要だが、その一方、この撮影には完全な静止を保たなくてはならない。レンズはあらかじめ焦点が六インチに設定されているから、カメラのノブやボタンといったコントロール類を触る必要はなかった。この仕事をするために与えられた世界最高の機械に、彼は信頼を置いていた。

二、五、六、九、十、十三、そして十五と、七つのページを写真に撮っていく。あの暗号解読者が傍受した暗号をもとに、それらのページに解読の鍵となる語があるはずだと保証したのだ。

意外にも、マルキ・ド・サドの『ジュスティーヌ』が、そしてヴォルテールの『パンセ』初版と、モーパッサンの『遊蕩短篇選集』第二版が、おおいに役に立った。文学にはこういう用途もあるのだ！　それらを積みあげると、細長い形状のミノックスをじゅうぶんにしっかりと支えてくれた。その下方に、開いたページを置く。シャッターを押し、フィルムを巻き、またシャッターを押して、つぎのページに移る。ほんのわずかな時間しかかからなかった。ばかばかしいほどかんたんだ。この書庫のすぐ外にSSの攻撃部隊が待ち構えていて、仕掛けたささやかな罠にベイジルがひっかかったのを楽しんでいるのかもしれないと思った。

しかし、すべての書籍をもとの保管棚に戻して、本来の位置に置きなおし、カメラを脚の脛に隠しなおして、一時間弱後にそこを出ても、攻撃部隊はおらず、館長のドゥ・マルクがこのときになってやっと気弱げな笑みを浮かべて、不安そうに待っているだけだった。

「完了しました、館長。点検し、すべてが一時間ほど前にわたしが入ったときと同じ状態になっていることを確認してください。なにも失われず、置きまちがいはなにもなく、あるべきでない場所に戻されているものはなにもないことを。わたしが気分を害することはありませんので」

館長が書庫に入り、二、三分後に出てきた。

「完璧です」彼が言った。

「マルキ・ド・サドの書籍があることはわかりました。ほかには、われわれの研究に必要と思われるものはなかった。あまり貴重なものではなく、どこでも入手できるもので、どこを探せばよいかを知っている者がいれば、それを何冊か買い求めることにします」

「お勧めの書籍商がひとりおります」館長が言った。「彼は、えー、あなたがお探しになるたぐいの書籍を専門にしておりまして」

「当面は不要ですが、将来的には必要になる可能性がありますね」

「秘書に命じて、ドイツ語とフランス語の両方で書類を用意させました」

ベイジルはそれに目を通した。指示したとおりの書類になっていたので、彼は飾り文字で偽名を署名した。

「協力的であれば、処理はかくも容易であることがおわかりになったでしょう、館長？　あなたの国のひとびとに同じ教訓を与えられればよいのですが」

交通が渋滞していたため、マハトは最後の三ブロックを徒歩で進まねばならず、帰り着いたときはすでに四時になっていて、宴会場に設けられた捜査本部の状況はある程度、旧に復していた。アベルが報告した。

「いまわれわれには、そいつはピンストライプのスーツを着ているにちがいないとわかっています。わたしがすべての監視員を本来の地点へ戻し、高度警戒態勢を取らせています。混乱に陥った地域の外側に多数の車輛を配置しましたので、もしなんらかの事件が発生し、そこへ急行する必要性が生じればそうすることができます」

「じょうでき、じょうでき」とマハトは応じた。「あのあほうはどうなった?」

もちろん、それはフォン・ボッホのことだ。

「彼は、人質を取り、その男が発見されるまで、一時間ごとに人質のひとりを撃とうと主張しました。わたしは彼に、それは賢明な行動ではないと言いました。そいつは終始、独力で工作していて、そのような社会的圧力に無頓着なのは明らかだからです。彼はいま、パリのSS本部と内密の交信をおこなっており、自分はすばらしい仕事をやってのけたと伝えているにちがいありません。彼の部下たちは問題ないのですが、彼はただのうつけ者です。ただし、危険な男ではありません。とうに、われわれ全員をソ連送りにしていてもおかしくはないような。まあ、わたしは別として、ハハッ、あとのみんなはそうなっていたかもしれませんね」

「きみは名誉を重んじるから、これからもわれわれといっしょにいるにちがいない、ヴァルター」

「それをあてにしないように、ディディ」

「きみの意見に同意しよう。これは陽動作戦であり、われわれの獲物はどこか近辺で任務を遂行しようとしている。その任務は、レジスタンスの各細胞(セル)間の不和を修復するとか、フランス自由軍(FFL)からの士気高揚文句を伝えるとか、秘密資金に関する草案をまわすとか、そういうありふれたものかもしれない。暗殺計画だの、破壊工作だの、強奪作戦だのなんだのといった、めざましいものではないだろう。ではあっても、われわれとしては、SSがそいつの臼歯(きゅうし)をプライヤでもぎとり始める前に、そいつから話を聞きだす必要がある。そいつは、そいつ自身はまだ気づいていないだけで、われわれにとっては有用な、なんらかの知識を持っているだろう。すべての鉄道駅の監視人員を二倍に増やすようにしてくれ。いまから数時間が、そいつを捕まえるのに絶好の機会になる」

「そのように計らいましょう」

　そのとき、フォン・ボッホが姿を現した。マハトを呼び招き、ふたりは内密の話をするために廊下に足を踏みだした。

「ヘル・ハウプトマン、これを正当な警告と見なすように。くだんのエージェントは、なにがあろうと逮捕されねばならず、真実を語っていることが確認されるまで、SSの尋問に付されねばならない。きみがわたしの忠告を無視することを選択し、より緩慢な調子でおのれの職務を遂行すれば、そのことが記録に残される。SSは満足せず、アプヴェーアはもとより、他のすべての政府機関に公式の抗議が通達されるだろう。ほかならぬ親衛隊全国指導者(ライヒスフューラー)ヒムラーが強く注目することになる。もしこれがしかるべき結末に至らなければ、パリにおけるすべての防諜活動はSSの指揮下に置かれようし、きみ自身はどうかといえば、つぎの任地はより寒冷な国となり、これよりもっと多忙な職務に就くことになるだろう。きみの思考を明瞭にするため、こう言っておこう。これは脅しではなく、ヘル・ハウプトマン、たんに目下の状況を述べただけなのだ」

「新たな情報をくださり感謝します、ヘル・シュトゥルムバンフューラー。わたしはその忠告に従って――」

が、その瞬間、アベルがやってきた。ふだんは締まりのないのんびりした顔に、不安の色が浮かんでいる。

「おじゃましたくはなかったのですが、ヘル・ハウプトマン、興味深いことがありまして」

「うん？」

「親衛隊伍長ガンツの情報源のひとりにフランスの警察官がおり、ここからそう遠くないコンティ通りに面したマザラン図書館で任に就いています。実際、徒歩ですぐに行き着けるところでして」

「うん、川を見おろすあの大きな複合建築物だな。丸天井があって。いや、あれは本館で、たしかフランス学士院だ」

「そうです。それはさておき、報告によれば、あの爆発があってから二十分もたっていない午後三時ごろ、ひとりのドイツ政府関係者があの図書館に入って、館長との面会を要求したとのことで。その男は稀覯書書庫への入室を要求し、一時間ほどそのなかにひとりきりでいたそうです。その男はとても〝威厳のある〟紳士で、自信たっぷりで、冷静で、カリスマ性があったということで、そこにいた人間はだれもが誉めそやしています」

「その男はなにかを盗んだのか？」

「いえ。ですが、書庫のなかにひとりきりでいました。つまるところ、べつにたいした意味はないのかもしれません。たまたま、タイミングがぴったり合い、人相が類似し、人物像が合致していただけだとか。しかし、英国情報部の能力は——」

「急いでそこへ行こう」マハトは言った。


ムッシュ・ル・ディレクトゥールは、まさかこんな事態に遭遇することになるとは予想もしていなかった。彼はいま自分のオフィスで、三名のドイツの警察官にひとりきりで対峙しており、彼らはみな機嫌がよくなかったのだ。

「さて、よろしければ、その男の要請の内容を詳しく説明してもらいましょうか」

「これは極秘の事柄でして、マハト大尉。このご訪問は任意聴取的なものという感触を受けています。わたしは信頼を裏切るようなようなことは——」

「館長さん」淡々とした口調でマハトは言った。「あなたのご意向を尊重することは保証しますが、それでも、わたしとしてはお答えを要求しなくてはならない。その男は、あなたが考えておられるような男ではないかもしれないことを裏づける証拠があるのです」

「彼の身分証明書類は完璧でした」と館長。「わたしはそれをとても入念に調べました。すべてが本物でした。わたしはやすやすとだまされるような人間ではありません」

「あなたを責めようとしているのではないのです」マハトは言った。「その経緯を知りたいだけで」

すると、ル・ディレクトゥールはいくぶんどぎまぎしたようすで、いきさつを説明した。

「猥褻な絵」最後まで聞いたところで、マハトは言った。「そのドイツ軍将校はここを訪れ、稀覯書としての価値を持つ書籍類のなかに、猥褻な絵、猥褻な小説、猥褻な冗談、猥褻な五行戯詩といったようなものがあるかどうかを確認することを要求したと？」

「わたしは、彼が説明した目的をお話ししただけです」

二名の警察官はむっつりと目を見交わし、三人めの、どうやら所属部門が異なっている男が、パンスネ（つるがなく、ばね仕掛けで鼻に固定する眼鏡）の奥にある小さな目に怒りをみなぎらせて館長を見据えた。なにも言わずに、敵意と怒りの両方を彼に向けているように感じられた。

「わたしが物語をでっちあげる必要がどこにあるのです?」ル・ディレクトゥールが問いかけた。「そんなばかげたことをするわけがないでしょう」

「いまからわれわれがどうするかを教えてあげよう」三人めの男である将校が言った。太った男で、髪が薄くなってきているのにポマードで撫(な)でつけていて、残り少ない髪の毛のあいだに地肌がほとんどむきだしになり、ヒムラーかヒトラーをまねたのが明らかな、貧弱な口ひげを生やしていた。「ここの職員を十名、街路へ連行する。そして、われわれがあなたの答えに満足できなかった場合は、そのうちのひとりを射殺する。そのあと、われわれは質問を再開し、それで、もし──」

「やめてください」フランス人館長が懇願した。「わたしは真実を語っています。このような処遇には慣れていません。心臓が破裂しそうです。わたしは真実を語っています。嘘をつく性格ではありません。そのような人間ではないのです」

「容貌(ようぼう)を描写してください」マハトは言った。「詳しく。詳細に」

「歳のころは四十代半ば、スーツはひどく身に合っていなかったが、体格はよかった。身のこなしや自信に満ちたようすが高い地位にあることを示しているのに、スーツははるかに安手だと思ったと言わなくてはなりません。赤みを帯びた茶色の髪、青い目、美しいと言ってよさそうな顎、美しいと言ってよさそうな顔、落ち着きはらった態度、そして——」

「これを見てください」二名の警察官たちのうちの、あまり剣呑そうではないほうの男が言い、人相書き写真を手渡した。

「あー、うーん——いえ、これは彼ではありません。とはいえ、とても似てはいます。がっしりした顔立ちは同じ。この男のまなざしは、あの訪問者のまなざしほど強くなく、この男の体格はいくぶん劣ります。スーツははるかによく合っていると言わねばなりません」

マハトは椅子にもたれこんだ。やはり、英国のエージェントがここに来ていたのだ。いったいなにが目当てだったのか？　英国がこれほど危険で、むずかしく、容易に露見するような任務にひとりの男を送りだすほど興味深いものが、このマザラン図書館にあるのだろうか？　なにか、喉から手が出るほどほしいものがあるにちがいない。

そのときふと、彼は思った。やはり、これはたぶらかしだ。ドイツの捜査官たちをまどわせて、まちがったところへ駆けつけさせるために仕組まれた、陽動作戦のようなものだ。

「それで、その男はどのような名を告げたのです？」アベルが問いかけた。

「彼が言った名は――ほら、これを見てください。これが、彼が署名をした書類でして。身分証明書類にあったのと同じ名で、わたしはとても丹念に確認したので、まちがいはないでしょう。わたしは最大限の協力を惜しみません。反乱に未来はないとわかっているからです」

館長が抽斗を開き、タイプ打ちされ、署名がされた一枚の紙片を震える指で取りだす。

「もっと早くこれをお見せすべきでした。面くらっていたことをお詫びします。このオフィスに三名の警察官をお迎えするのは、それほどよくあることではありませんので」

館長はしゃべりつづけたが、警察官たちはそれには注意を向けず、全員が身をのりだして、紙片の一番下に記された署名を入念に見ていた。

それには、こう記されていた。〝オットー・フォン・ボッホ、シュトゥルムバンフューラー。親衛隊国家保安本部(SSRHSA)。パリ、マドレーヌ通り一三番地〟。

任務

列車は四時三十分ちょうどにモンパルナスから発車した。ベイジルは、パリ、マドレーヌ通り一三番地に本拠を置くゲシュタポの親衛隊少佐、オットー・フォン・ボッホに成りすましているので、その身分証明書類を見せる以外には、なにもする必要がなかった。ゲシュタポの隊員が彼を精鋭の地位にある人物と見なし、列車の監視にあたっているドイツ国防軍（ヴェアマハト）所属の車掌があえて誰何したりはしなかったからだ。彼はあっさりと切符を入手して、検閲所を通過し、一等車のステップのところで短い検査を受けただけだった。

列車が身震いして、動きだし、夕闇が降りるにつれて徐々におぼろげになっていく広大な駅をあとにした。パリで人目を忍ぶ二、三の夜をすごしたあと、それぞれの任地へひきかえすドイツ軍将校たちがぱらぱらといるなか、彼はひとりきりで座席にすわっていた。外は黄昏（たそがれ）で、フランスのおもちゃの列車を集めたように見える停車場が背後へ通りすぎていく。車内では、ガタゴトという振動のなか、むっつりとした男たちがくつろぎの最後のひとときを味わおうとしていた。このあと、彼らはふたたびやっかいな任務に取りかかるのであり、その仕事の大半は彼らを撃破しにくる連合軍を待ち受けることなのだ。なかには、祖国のために栄(は)えある戦死を迎えようと考えている者もいれば、抱擁(ほうよう)して楽しいときをすごさせてくれた娼婦を思いだしている者もいるだろう。あるいはまた、殺される前にアメリカ軍に投降しようとしていて、だれかが記録を残すかもしれないので、そのことが報告されずにすむ方策を考えている者もいるかもしれない。

いずれにせよ、彼らの大半は、ベイジルのことを平服のSSであろうと察しているように見えたし、SSと悶着を起こしたがる人間がいるわけはなかった。不用意なことば、冗談の誤解、率直すぎる政治的発言といったようなものもまた、忌まわしい八・八センチ対戦車砲に取りついて、ソ連のT-34戦車軍団と歩兵部隊に対峙させられる原因になる。彼らはみな、どうせなら、くそったれなボルシェヴィキの軍勢よりは、アメリカやイギリスの軍隊を相手にするほうがましだと考えているのだ。

ベイジルは前方にも後方にも目をやらず、棒のように背すじをのばしてすわっていた。その厳めしい態度は、意志の強さ、細部への容赦のない注目、実際に熱気を漂わせるほど強烈で真剣な任務への献身をそれとなく表すものだった。浮かれた気分は表に出さず、人間的な弱みはいっさい露見しないようにする。彼にとってもっとも困難なのは、アイロニーを表さないようにすることだった。アイロニーは、SS隊員たちや、ヒトラー主義を心から信奉している者たちのなかには、まったくありえないものだからだ。実際、ある意味では、第三帝国と、その大量虐殺の野望は、アイロニーを圧殺するための陰謀と言っていい。たぶん、そうであるからこそ、ベイジルは第三帝国をこれほど憎み、激烈にそれと戦っているのだろう。

フォン・ボッホはなにも言わなかった。言うべきことばがなかった。彼に代わって、マハトがすべてを語っていた。彼らはいま、マザラン図書館の庭に駐車したシトロエンの無線自動車のボンネットにもたれて、話をしているところだった。

「なにをほしがっていたかはわからないが、そいつそれを手に入れた。実際、これは無益なことに手を取らせるための策略にすぎず、われわれが職務を果たそうとここに来ているあいだに、そいつはさっさと街から脱出したにちがいない。そいつの真の任務は、すでに完了した」

「おおいにけっこう」フォン・ボッホが言った。「それなら、わたしの身分証明書類が盗まれたことは重大な問題とはならない。わたしはきみの意見に同意するし、きみはこの件をそのように報告するであろうと確信している」

「とにかく、そいつを捕まえましょう。そうすれば、報告書にはなんの問題もなくなるというわけです。さて、そいつは早急に街から脱出しなくてはならない。そいつには遅かれ早かれ、ヘル・フォン・ボッホの身分証明書類を盗んだことをわれわれが察知し、その時点で身分証明書類はにわかに無効となり、危険をもたらすだけのものとなることがわかっているだろう。そいつはいまのところは可能なかぎりそれを活用しておき、できるだけ早く捨てようとするでしょう」

「しかし、そいつはこの工作活動にレジスタンスの支援を受けることを意図的に拒否しました」アベルが言った。「彼らを信頼していないのは明らかです」

「的を射てる」

「つまり、そいつは無線連絡を取っていないということです。となれば、ライサンダーによる拾いあげを段取ることはできないというわけです」

「まさしくそのとおりだ、ヴァルター。そして、それはそいつの選択肢をかなり狭めることになる。脱出の唯一の道は、スペインとの国境へ向かうことだろう。とはいっても、それには何日もかかり、さまざまな移動手段を使うことになって、検閲を絶えず受ける危険にさらされるから、そいつはフォン・ボッホの身分証明書類でそこまでたどり着くのはむりだと考えるはずだ」

彼らはフォン・ボッホのことを、まるで彼がそこにいないような調子でしゃべっていた。ある意味、彼はそこにはいなかった。すでに死んでいると言ってもいいかもしれない。〝隊長、砲尾が凍っています！〟。〝蹴飛ばせ！　まもなく敵軍がやってくる！〟。〝できません、隊長。凍傷で脚の感覚がありません〟。

「カレーに行き、泳いでドーヴァー海峡を渡るということなら、できるかもしれません。そこまでの距離はたったの二十マイル。そういう脱出は、以前にもなされたことがあります」

「それをやってのけた女もひとりはいるな」

「しかし、いくらそいつが才能豊かな工作専門員だとしても、だれもがそれをやってのけられる才能を持ちあわせているわけではありません。それに、いまは春だとはいえ、そこの水温は摂氏四度か五度ぐらいでしょう」

「そうだな」マハトは言った。「だが、そいつが海路を使おうとするのはまちがいない。もっとも近い港へ向かうはずだ。そのたぶらかしや人たらしの能力、そして説得力を考えれば、そいつは、われわれの巡視船の巡回様式をよく知っている抜け目のない漁師を見つけだし、その男にカネを払って、ドーヴァー海峡を渡らせようとするだろう。ものの二、三時間で海峡を渡れるし、英国の海岸への最後の数百ヤードぐらいは泳げるだろうから、そいつはそれで国に帰れるというわけだ」

「もしやつが逃げきったら、われわれはマザラン図書館の全職員を射殺すべきだ」だしぬけにフォン・ボッホが言った。「こうなったのは彼らのせいだ。そいつがわたしの書類を盗んだのは、わたしのポケットからかすめとったのは、たしかだが、だれの書類が盗まれていてもおかしくはないのだから、わたしだけの責任とするのはいささか筋違いだ。その点を自分の報告書のなかで強調しておこう」

「まさしくそのとおりですが」マハトは言った。「残念ながら、だれの書類が盗まれていてもおかしくはないにしても、わたしとしては、そいつが盗んだのはあなたのものであることを明確に書き記すようにしなくてはなりません。その書類はそいつにとって途方もなく価値が高いものだった。そいつはいま、列車の座席に機嫌よくすわり、この先、自分の名は殊勲十字章（DSC）か殊功勲章（DSO）を授与された人物として語られるだろうと考えながら、あすの朝はティーに添えたジャムとバンズを楽しもうとしているにちがいない。あなたは名誉あるドイツ軍将校として、すべての責任を担（にな）うことになり、へル・ヒムラーが薬室だけに弾がこめられたルガーをあなたに手渡したとき、あなたはなにが求められているかを正確に理解するでしょう。わたしは、現時点において、図書館の職員を射殺する必要があるとはまったく考えていません。それより、そいつを捕まえることに全力を傾注するようにしたほうがいいのではないでしょうか」

フォン・ボッホは反論しようとしたが、そんなことをしても意味はないと見てとった。彼はまた黙りこみ、なにも言おうとしなかった。

「第一の問題。どの列車か?」だれにともなくマハトは言った。だれも答えなかったので、彼は自答した。「そいつが立ち去ったのが、ル・ディレクトゥールが言ったとおり、午後三時四十五分ちょうどだったとすれば、四時十五分まではモンパルナス駅に着いたにちがいない。所持しているSSの書類を使えば、切符の購入や検閲のために列に並ばされることはないだろうから、すぐに出発することができただろう。となれば、問いはこうなる。四時十五分から四時四十五分のあいだに発車する、海岸地帯へ向かう列車はいくつあるか? そいつが乗るのはそのなかのどれかであるはずだ。ヴァルター、刑事たちに無線を入れてくれ」

アベルが無線のマイクを通して、ホテルの捜査本部に待機している刑事たちに指示をする。一分後、答えが返ってきた。アベルはそれを二名の将校たちに伝えた。

「シェルブール行きの列車が四時三十分に発車し、午後九時三十分にその街に到着します。そのあと、別の列車が――」

「それでいい。そいつは最初の列車に乗ろうとするはずだ。ぐずぐずしていたくはないだろう。そいつはわれわれの捜査がどういう状況であるかを知らないから、最悪の事態を想定するにちがいない。よし、ヴァルター、司令部に連絡を入れ、モンパルナス駅に人員を投入して、発車時刻が近づいたころにそこにやってきたドイツ軍将校たちについて改札口で確認させてくれ。ドイツ軍将校はみな旅客名簿に署名をしなくてはいけないはずだ。少なくともわたしはいつもそうしている。そのようにすれば、シュトゥルムバンフューラーが――ええと、フォン・ボッホの名前はなんだったか？」

「オットー」

「パリ駐留ゲシュタポの、SS少佐オットー・フォン・ボッホが、発車の間際に乗車したかどうかがわかるだろう」

「了解しました」

マハトはフォン・ボッホのほうへ目を向けた。

「さてと、シュトゥルムバンフューラー、もしよい結果が出れば、あなたが八・八センチ砲でソ連軍と戦うはめになることは避けられるかもしれません」

「わたしは総統(フューラー)のためなら、どこででも最善を尽くす。自分の命がどうなるかは問題ではない」陰気な声でフォン・ボッホが言った。

「地平線に戦車軍団が見えたら、いくぶん考えが変わるかもしれない」マハトは言った。

「そんなことはどうでもいい。われわれのほうでそいつを捕まえることはできない。やつははるかに先行している。シェルブールでその列車を待ち受けるようにと命じるのがいいのではないか。そうすれば、たぶん、彼らがやつを捕まえてくれるだろう」

「むりでしょう。そいつは鰻(うなぎ)のようなもので、するすると逃げていく」

「なにか計画があるのなら、教えてくれ」

「もちろん、計画はあります」マハトは言った。

「うん、了解」とアベルが言い、無線機を顔から離す。「SS少佐フォン・ボッホが実際に発車時刻の寸前に乗車したそうです」

　彼はどこまでもじっとすわっていた。列車が揺れ、ガタガタ、ゴトゴトと音を立てる。男たちが煙草を吸っている。夕闇が、光のない夜の闇へと変じていく。振動が列車のいたるところに伝わっていた。男たちが煙草を吸い、フラスクに満たした酒を飲み、自宅宛の手紙を書いたり、自宅からの手紙を読んだりしている。これは急行ではないので、ほぼ半時間ごとに列車がギイギイとうなって停車し、そのつど、ひとりかふたりの将校が下車し、ひとりかふたりが乗車してくる。照明がちらつき、冷たい空気が客車にどっと流れこんできて、フランス人の車掌が停車する街の名をむなしく叫ぶ。そんな調子で、列車は夜の闇のなかを走っていった。

ようやく、車掌が叫んだ。

「二十分後にブリケベックに停車します」最初はフランス語で、つぎにドイツ語で。

彼は立ちあがり、オーヴァーコートを座席に残して、便所に行った。なかに入り、そこの光のなかで鏡に自分の顔を映してみると、黄ばんで見えた。多少とも元気が出ればと、彼はタオルを濡らして、顔を拭いた。〝本日の軍事行動〟。もうほとんどはやってのけた。これが最後のたぶらかし、最後のごまかしになる。

草原を逃げていくエージェント。おのれの敵は、そういう妄想だ。ベイジルはそれを寄せつけないための〝免疫〟は持ちあわせず、それに抵抗するための訓練もろくに受けていなかった。恐怖を寄せつけないための免疫も、特に強くはない。彼はいま、妄想と恐怖の両方に強くとらわれていた。この列車がまちがいなく最悪の結末をもたらす場所へ自分を運んでいくのに任せるのは、なんの意味もないことだとわかっていたからだ。おはこのアイロニーが消え失（う）せていた。

が、そのとき、彼は戦士の顔を取り戻し、人たらしとカリスマ性の鎧をふたたび身にまとい、意識して目を輝かせ、笑みを浮かべ、夢見るように眉を寄せた。いつもの彼の姿に戻っていた。彼はまたベイジルとなったのだ。


「すばらしい」マハトは言った。「いまが、フォン・ボッホ、あなたの出番です。われわれ全員がひどく恐れているあなたのSSとしての権力を行使し、フォン・コルテイッツの副官に通報してください。重要なのは、わたしに夜間戦闘航空団（ナハトヤクトゲシュヴァーダー）第九飛行隊の一時的指揮権が与えられていることです。もちろん、ルフトヴァッフェの指揮権も。それは、シェルブールから一時間ほどのところにある、ブリケベックという町の郊外にある空港を本拠とする、比較的小規模の飛行隊です。たぶん、数日前に、われわれがそこの指揮官である大佐（オーバースト）、ギュンター・ショルと会話をしたことを憶えておいででしょう。あなたはショル大佐がこの計画に乗ってくれるようにと願ったほうがよろしいかと。なぜなら、くだんの英国野郎（ジョニー・イングリッシュ）をとっつかまえてくれるのは彼だからです」

案の定、フォン・ボッホはその意味を理解できなかった。困惑の色が目に浮かび、途方に暮れた顔になる。もごもごとなにかを言おうとしたが、アベルがそれを制止した。

「どうかそうしてください、ヘル・シュトゥルムバンフューラー。時間切れになりますよ」

フォン・ボッホが言われたとおりにし、その部下の親衛隊大尉（ハウプトシュトゥルムフューラー）に対して、アプヴェーアⅢ・B部門所属の大尉ディーター・マハトがブリケベックにあるナハトヤクトゲシュヴァーダー第九飛行隊のショル大佐に指令を送る必要があることを伝えた。

そのあと、三人はシトロエンに乗りこみ、十二ブロックを走って、ホテル・デュヴァルにひきかえし、すぐさま電話交換手を呼びだした。アプヴェーアの男たちは、SSの基準ではぐうたら者であっても、ドイツの基準では効率的なのだ。

交換手がマハトに受話器を手渡してくると、マハトはトレンチコートとフェドーラを脱ぎもせず、それを受けとった。

「もしもし」彼は言った。「こちらはマハト大尉、ショル大佐をお願いします。はい、お待ちします」

二、三秒後、ショルが電話に出た。

「こちらショル」

「はい、ショル大佐、こちらはパリ駐留アプヴェーアのマハト大尉です。すでに事情はお聞きになったでしょうか?」

「やあ、マハト。ルフトヴァッフェの司令官から、きみの命令に従うようにとの緊急指令を受けたことだけは承知しているよ」

「今夜は航空機を発進させていますか?」

「いや、今夜は敵の爆撃機編隊は北へ飛行していった。この夜、われわれの出番はなかった」

「あなたの兵士たちに仕事をさせることになって申しわけないです、ヘル・オーバースト。あなたの隣にすわっていた男がそちらの地域へ舞い戻ろうとしておりまして。人員が必要です。シェルブール行きの列車が停車するブリケベック駅の周囲に非常線を張り、そいつの到着に備えてもらわねばなりません。停車時刻は九時三十分ごろになるでしょう。最大限の努力を。操縦士たちを寝台や飲み屋や売春宿から呼びつけ、整備士や地上要員や燃料係についてもそのようにしてください。管制塔には最低限の要員だけを残すように。事情は少しあとでご説明します」

「前例のないことだと、マハト、言わねばならないな」

「ショル、わたしはあなたが、そしてわたし自身が、ソ連との前線へ送られないようにしようとしているんです。また三人の愛人たちのところやワインセラーへ行けるようにするために、熱を入れて従ってください」

「どうしてそんなことを——」

「われわれはいろいろな手立てを持っておりまして、ヘル・オーバースト。それはともかく、わたしはその列車がそこに到着する前に、周辺の藪(やぶ)や駅構内に人員を潜伏させておきましょう。そして、指令がありしだい、彼らは配置に就いて、列車を包囲し、だれも逃れられないようにする。その時点で、あなたが捜索隊を率いて、車輛を順次調べていく。もちろん、一等車から始めるんです。どういう男を探せばよいかはおわかりですね。しかしながら、そいつはいま、濃紺のダブルのピンストライプスーツを着ています。その上に暗色のオーヴァーコートを。前にあなたが目にしたときより、歳を食い、疲弊し、厳めしい感じになっているかもしれません。よく注意してもらわねばなりません。おわかりいただけましたね？」

「そいつは武装しているのか？」

「そのように想定されます。よく聞いてください。そこが微妙な点でして。そいつを見つけても、ただちに反応してはなりません。おわかりですね？　目を合わせてはならず、急な動きをしてはならず、軽はずみなことをしてはならない。そいつはLピルを持っているかもしれません。持っていたら、おそらくは口に含んでいる。あなたが近づいてくるのを見たら、それを噛むでしょう。ストリキニーネが即死させる。死なせるより、生け捕りにするほうがはるかに重要です。そいつは多数の秘密情報を持っているかもしれない。おわかりですね？」

「わかった」

「そいつを捕まえたら、部下の将校たちに命じて、真っ先にそいつの口のなかを調べさせるように。噛んだり飲みこんだりさせないよう、指やプラグレンチを喉の奥につっこむ必要があります。そのあと、そいつをうつむかせ、背中を強くたたく。咳が出て、ピルを吐きだすでしょう」

「そのように部下たちに指示する。わたしも実際にそこに行き、捜索を監督しよう」

「オーバースト、その男はきわめつきに熟達しています。山ほどの経験を積んだ老練なやつです。ほとんどの人間が一週間以内に命を落とす職務に何年も従事し、生きのびてきたのです。きわめて慎重に、きわめて明敏に、きわめて確実にやらねばなりません。あなたならこれをやってのけられるはずです」

「きみに代わって、わたしがそのスパイを捕まえてみせよう、マハト」

「すばらしい。あとひとつあります。わたしは二時間以内に、副官のアベルを伴い、シュトルヒでそちらに到着するでしょう」

「それがいい。飛んでくるんだな」

「はい、そうです。わたしには一千時間の乗務経験がありますし、シュトルヒが頼りになる機であることはご存じでしょう」

「よく知っているよ」

「あらかじめ管制官たちに知らせておいてください。わたしが接近する音が聞こえたら、着陸に必要な三十秒間だけ滑走路を照らし、すぐまた照明を落とすようにと。それと、わたしを駅へ運んでもらうために、そこに車と運転手を用意しておいてください」

「そうしよう」

「よき狩りとなりますように」

「よき飛行となるように」

マハトは受話器を置き、アベルのほうに向きなおって、言った。

「飛行場に連絡を入れて、航空機の飛行点検と燃料補給をさせ、われわれがそこに到着したらすぐに離陸できるようにしてくれ」

「了解です」

「ちょっと待った」フォン・ボッホが言った。

「はい、ヘル・シュトゥルムバンフューラー?」

「これはSSとアプヴェーアの共同作戦であるから、わたしもそれに参加することを要求する。わたしもきみに同行しようと思う」

「あの航空機には二名しか乗れません。三名が乗ると、俊敏性が失われます。あれは戦闘機ではなく、ちっぽけなエンジンがついた凧のようなものでして」

「それなら、アベルに代わってわたしが行こう。マハト、このことに関してはわたしに逆らうな。必要とあれば、SSに、より高位の将校のところに行くつもりだ。SSはこの作戦に最後まで関与しなくてはならない」

「わたしの飛行技術を信頼なさる?」

「もちろん」

「それならけっこう。アベルはそうではありませんからね。では、出発しましょう」

「いや、まだちょっと早い。わたしは制服に着替えなくてはならないからな」

本来の自分に戻ったところで、ベイジルは便所を出た。だが、客室へ、自分の席へひきかえすのではなく、当たり前の行動のように逆方向へ進み、車輛の扉を開いて、車輛間を行き来するために設置されている渡り板に足を踏みだし、背後のドアが閉じるまで待ってから、その揺れかたをもとにスピードを推しはかってみた。列車は減速しているのだろうか？　揺れと揺れの間隔が長くなっているようで、それは車輪の回転がいくぶん遅くなっていることを示していた。斜面に、下り坂になり、たぶんカーブにさしかかっているのだろう。そのとき、なにも考えず、彼は横手の闇のなかへ身を躍らせた。

幸運な結果になるだろうか？　名うての人たらし、セントフローリアンは生きのびられるだろうか？　ふわりと柔らかく着地し、土の上を転がって、威厳を失い、髪が乱れるだけですむだろうか？　それとも、これは運が尽きる夜となり、鉄橋の台か木の幹か鉄条網に激突して、命を落とすはめになるのだろうか？

体がひきのばされるような感覚に襲われつつ、彼は宙を舞っていた。二輛の車輛のあいだから外へ躍らせた身が激しい空気の流れに押され、手足が大きくひろがっていた。

永遠に闇のなかに浮かんでいるように思えた。空気がたたきつけてくるのが感じられ、風音と列車の轟音が聞こえるだけで、なにも見えなかった。

そのとき、なにかにぶつかった。目の奥で星ぼしがきらめき、無数の太陽が衰滅して、宇宙が自動的に分裂し、巨大なエネルギーの波を解放する。土の味がして、後頭部に突き刺すような痛みが走ったあと、全身の皮膚が猛スピードでこすられるような感触が生じ、つぎに左手に激痛が走って、体が転がり、滑り、落下し、たたかれる感覚が同時に襲ってきた。そのあと、彼はじっと横たわっていた。

わたしは死んだのだろうか?

そうではなさそうだった。

列車はすでに見えなくなっていた。ベイジルは鉄道の道床にただひとり、土と血にまみれて倒れていた。そのとき、万力(まんりき)で締めつけられるような激痛が襲ってきて、程度はまだわからないが、自分が負傷したことが感じとれた。動けるだろうか? 体が麻痺(まひ)しているだろうか? どこかを骨折しただろうか?

力を取り戻すことができればと願って、空気を吸う。力が——わずかに戻ってきた。ブローニング380が失われていないかどうかをチェックしようと尻ポケットを探ると、それはちゃんとそこに残っていた。つぎに、いまの落下と地面への激突をミノックスが生きのびてくれたことを願い、祈りつつ、脛に手をのばしてみる。

それがなかった! それを失うというのは、考えるだけで途方もなく惨めな気持ちにさせられるので、そんな結末を受けいれるわけにはいかない。その可能性は頭のなかからたたきだして、手探りしてみると、モスリン地の靴下はいまもしっかりと脛を巻いているのがわかり、そのあとすぐ、カメラのアルミ製の表面を感じとることができた。落下の衝撃によって、締めつけが緩んで、脛の周囲を移動しただけで、抜け落ちてはいなかったのだ。彼はそれをひっぱりだして、尻ポケットにつっこんだ。ブローニングの拳銃は腰のうしろ側に、ベルトの内側に挟みこみ、三つ数えてから立ちあがる。

衣服はかなりずたずたになり、左腕が、まっすぐにのばせないほどひどい切創を負っていた。安手のピンストライプ生地の右膝のところが破れ、激しくこすられた右膝に擦過傷(さつかしょう)ができている。だが、強い損傷をこうむったのは背中で、どうやら土の上を転がっているあいだにそこが岩か木の枝に激突したらしく、猛烈な痛みがあった。燃えあがっているような感じがするほどで、この痛みは何週間かは消えないことが予想できた。体をひねると、胴体のなかでガラスの破片が刺さるのを感じ、肋骨(ろっこつ)が何本か折れたのだろうと思った。総じて、自分はずたぼろになっているというわけだ。

それでも、死んではいないし、なんとか歩くことはできる。

列車でいっしょになった、あの間抜けなルフトヴァッフェの大佐が言っていたことが頭に浮かんでくる。

「そう、わが飛行隊はこの鉄路から二千メートルほど東、町のすぐ外に配備されているんだ。正装した部下たちの姿は、じつにすばらしい。あなたも遠からず、そこを訪ねてみてはどうだろう、ムッシュ・ピエン。わたしが案内しよう。なにしろ、なにもなかった野暮な軍事施設のなかに、下水や歩道や街路が、それだけでなく、夏季の演奏会用の野外音楽堂までがある、快適なドイツ風の小さな町がつくられているんだ。わたしの部下たちは最高で、わが飛行隊は英国の爆撃飛行隊を凌駕する力を備えている」

つまり、その飛行場は、この鉄路が南北に走っているとするならば、二千メートルかそこら東へ行ったところにあるというわけだ。意外にも、かなり文明の手が入っている森の、木々や柔らかな下生えをかき分けながら歩いていくと、すぐに夜目が利くようになった。頭痛がし、フランケンシュタインのようなぎこちない歩きかたになるほど背中が痛かったが、それでも正しい方角へ歩いているという確信は持てた。そして、ほどなく、小型機が近づいてくる轟音が聞こえてきて、自分は正しい方角へ進んでいることがはっきりとわかった。

　彼らは寄り道をし、フォン・ボッホをその司令部のところで降ろした。マドレーヌ通り一三番地にあるその建物に、ゲシュタポの管理事務所と、すべてのパリ市民を対象とする拷問室があるのだ。

「彼は黒の制服に着替えなくてはならない」マハトは言った。「そうでないと、自分は完璧だという気分になれないんだろう」

「それと、ルガーもでしょう」アベルがほのめかした。「SSのくそったれどもはルガーに執着していますからね。あれで性交をしているにちがいない」

　マハトは笑った。

「ディディ」アベルが言った。「ゲシュタポの耳に届かないところでお話ししたほうがよさそうなことがありましてね」

「言ってくれ」

「このすべてがなにかの計略なのかも、さらに言えば一種の試験なのかもしれないと、考えたことはないですか？」

「もちろん、あるよ。それでも、つづきを聞いて、きみの見立てがどこまで真相に迫っているか、たしかめてみるとしよう」

「その目的は、OSPREYの動きを捕捉することでしょう。さまざまな怪しい人物が秘密監視のもとに置かれているなか、空からの潜入が実行された。航空機による着陸ではなく落下傘が用いられたのは、その監視体制を混乱させ、だれかがなにかまちがった反応を示すかどうかを確認するためだった。そう考えれば、フランスの図書館でそいつがやったささやかな工作がひどく無意味に見える理由の説明がつくでしょう。それもまた、OSPREYの存在暴露的行動を引きだすために計画されたことだったのだと」

「悪くないな、ヴァルター。遺産を相続したせいで、すでに人格に破綻を来(きた)しているのでなければ、きみはこの職業で将来が開けるだろう」

「わたしは刑事らしくふるまうことをおおいに楽しんでますよ」アベルが言った。

「きみの考えに従うならば、われわれ自身がこの試験に通らなくてはならない。それには、われわれは、くだんの英国人がフォン・ボッホ配下の尋問官たちにあの部屋で拷問されるはめになる前に、その男の居どころを突きとめる必要がある。拷問を受けている人間は、拷問をやめさせるためなら文字どおりなんでもしゃべってしまうからだ。SSの連中はそのことをまったく理解していない。しかし、われわれはある種の質問をそれとなくおこなって、そいつの反応を見るようにしなくてはならない。わたしがうまく不意を衝いて、そういう質問をすれば、ＯＳＰＲＥＹがこれに関わっているのかどうかが明らかになるだろう。英国人は目的をどこまで達成したのか？　彼らはこのちょっとしたコンテストをどれほどうまくやれるのか？　そこのところをたしかめてみよう」

シュトルヒがちっぽけなエンジンをハチドリの心臓のようになめらかに回転させて、空を飛んでいく。それは、地上にあるときは着陸装置がでかすぎるせいで優雅さに欠けるが、空を飛べば王女となる。マハトは一千メートルの高度を維持していて、コンパスはほぼ真南を指していた。マハトは以前、航続距離が三百キロメートルとされているシュトルヒではブリケベックに行き着けない結果になる場合もあるということで、燃料補給のためにカーンにあるルフトヴァッフェの大規模基地に着陸した経験がある。いま彼はそのときと同じ経路をたどり、そのときと同じ燃料の残量警告を受けているところだった。彼は心得ていた。空にあっては、なにごとも甘く見てはならないのだと。だが、スロットルを開き、時速百七十五キロメートルに近い速度で西へ向かえば、まもなくＮＪＧ‐９の本拠にたどり着けるだろう。これは軽量で、信頼性が高く、美しい航空機で、第一次世界大戦時代の航空機とはちがい、空を飛びたがっていることが感じとれた。あのころの航空機はほとんどが出力不足だったうえ、まるで墜落させたがっているかのように、最大限の強度を持たせて、過剰な重量になっていた。ああいう航空機を空に浮かべておくには苦闘しなくてはならないが、シュトルヒはその気になればひと晩中でも飛んでいられるだろう。

パースペクス製の風防ガラスが半分ほど開いているので、涼しい空気が流れこんでいた。風は機内を涼しくしてくれる。それはまた、フォン・ボッホのおしゃべりを妨げるものでもあり、マハトにとっては好都合だった。そのおかげで、操縦に集中し、楽しむことができる。いまも彼は空を飛ぶよろこびを愛しているのだった。

眼下を、フランスの田園地帯が通りすぎていく。真っ暗ではないにしても、細部を見分けることはできないほど暗かった。それでいい。マハトは腕のいい操縦士であり、コンパスと自分の目を信頼し、その両方が自分の期待を裏切ることはけっしてないとわかっていた。時間を確認して、ＮＪＧ－９の飛行場へ進入しつつあることが見てとれた。彼は無線機を取りあげ、二、三度、ボタンを押してから言った。

「アントン、アントン、こちらはベルタ９－９、聞こえるか？」

ヘッドセットがバリバリと雑音を立てたので、周波数をまちがえたかと思ったが、そのとき相手の声が聞こえてきた。

「ベルタ9-9、こちらはアントン。受信した。聞こえている。進路が少しだけ南西に向いている。こちらは北へ二、三度の方向だ」

「じょうでき。それと、ありがとう、アントン」

「そちらが真上に来たら、滑走路を照らす」

「じょうでき、じょうでき。重ねてありがとう、アントン」

　マハトがわずかな進路修正をおこなうと、その一分後、突然、照明が点灯され、長いV字に見える滑走路が浮かびあがった。暗闇のなか、数秒とたたず、滑走路を示すV字の両腕のあいだに着陸線があるのを見分けることができた。スロットル・レバーを戻すと、エンジンの回転数が落ちたのが聞きとれ、対気速度が七十五、六十五とさがっていくのが表示され、操縦桿をそっと前に押してやると、機が円錐（えんすい）形の光のなかへ入っていき、これよりはるかに大きい双発のMe110夜間戦闘機用につくられている幅の広い滑走路の両側に生えた草が見え、スロットル・レバーをさらに戻すと、ほんのかすかな音とともに着地した。

　出力が落ちているため、機体の重みですぐに停止しそうになったが、エンジンの回転をあげて、タキシング速度にしてやると、行く手に湾曲屋根のある格納庫が見えてきたので、そこをめざしてタキシングをする。前方には、湾曲屋根のある四つの格納庫の手前に広大な飛行準備エリアがあり、そこでは戦闘機乗員たちがひと休みしたり、出撃に備えて最終点検をおこなったりしていた。彼はそこへ進んでいき、同じ滑走路から飛び立てるようにするために、機体の向きを反転させてから、エンジン停止スウィッチを押した。エンジンの振動が停止したのが聞きとれ、機が静かになった。

ベイジルが見守るなか、ちっぽけな航空機が格納庫へタキシングして、停止し、また離陸できるようにするために機首を滑走路のほうへ向けた。完璧だ。だれが操縦しているにせよ、そいつはすぐまた飛行に取りかかろうとしていて、地上で時間を浪費したくなかったのだ。

彼はいま鉄条網の内側の、その航空機からは三百メートルほど、四つの格納庫からは三百五十メートルほど離れた地点に身をかがめていた。あのドイツ軍指揮官が語った話でわかったことだが、敵の火線にさらす人員が至急、必要ということで、警備や保安関係の部署から兵士たちが引き抜かれ、いまはその全員がソ連へ送られている。巡視犬についても、やはりあの列車で同席したドイツ人からもらった情報で、一頭は毒物が混入された餌を食べて死に、もう一頭はろくに動けないほど年老いていることがわかっていた。NJG-9夜間戦闘機基地の警備態勢はまぼろしでしかなかった。必須でない人員はすべて、ソ連の大きな戦線へ送るために、剝ぎとられているのだ。

それぞれの格納庫のなかに、大きな夜間戦闘機の輪郭がくっきりと見てとれた。どの機もコックピットが開放され、機首が機尾より十五度ほど上を向く格好で、大きな着陸装置によって台座に鎮座し、着陸装置の上方、幅の広い左右の翼に各一基のでかいエンジンがあった。小型機とはちがい、それらの航空機には、機首のところに、角のように突きだしたものがいくつもあり——八キロメートル上空からおこなう爆撃を誘導するためのレーダーアンテナだ——それに加え、四基の二〇ミリカノン砲が搭載されていた。すべての機に、ルフトヴァッフェの黒い鉄十字章が記され、金属製の機首がかすかに輝いていたが、やがてシュトルヒが近づいてきて、安全に停止すると、管制塔の光が消えて、なにも見えなくなった。

彼は丹念に観察した。男がふたり。ひとりはパイロット用の革ヘルメットをかぶっているが、制服姿ではなく、何年も洗濯やアイロンがけがされていないように見える、だらんとしたトレンチコートを着ている。その男がパイロットだ。そいつがヘルメットを、プラグが抜かれたヘッドセットとともに機内へ投げ入れ、それと同時に、長年、プレスも洗濯もされないままコートのポケットにつっこまれていたように見える、へたったフェドーラを取りだした。

二番めの男は、それより興味をそそるやつだった。陰険な身なりとさらに陰険な悪意の権化と言おうか、徹頭徹尾、完璧なSSだ。ジョッパーズボンにブーツ、ぴしっとした短上着という制服姿で、首のところをきっちりと留め、黒の制帽には、やたらと大きく突きだしたつばに、銀色の髑髏の徽章があったが、その男自体は太っちょで優雅さに欠けるように見え、身なりほど印象的ではなかった。パイロットにくらべると動きがおぼつかなく、地面に足を降ろしたあと、二、三歩ぎこちなく歩き、めまいをふりはらおうとしていた。

そのとき、メルセデスの軍用車が暗闇のどこかから現れ、運転してきたルフトヴァッフェの兵士がすぐに車を降りて、ぴしっと敬礼をした。相手は将校たちで自分は下士官の身分とあって、どちらの男とも握手はせず、へつらうように車のほうへひきかえして、後部席のドアを開く。

二名の将校たちが乗りこんだ。運転してきた男がふたたびハンドルの前にすわり、車は夜の闇のなかへ消えていった。

「よし、とてもうまくやってくれた、軍曹」車が闇のなかへ乗り入れたとき、マハトは言った。そこには管制塔があり、その左側には管理建築物群が、右側には将校食堂があった。ゲートは二、三百メートル前方だ。

「では、早急にわれわれを降ろし、きみはこのまま進んでゲートの外に出て、道路を走り、きみの指揮官が待っているブリケベックの駐屯地にひきかえしてくれ」

「あのう、サー、わたしが受けた指示は――」

「言われたとおりにするんだ、軍曹。運の悪い国防軍兵士たちの仲間入りをして、ソ連の凍りつくいまいましい丘の戦線突出部へ送られ、工場から出てきたばかりの真新しいT-34戦車の大群に対峙したいというのなら話は別だが」

「わかりました、サー。従います」

「そうするだろうと思っていたよ」

車が左右の建物群のあいだにひろがる闇のなかへ入っていき、速度を落とすと、マハトはするりと車を降り、フォン・ボッホがあとにつづいた。そのあと、車は遠ざかり、二名の重要人物を乗せて町へ向かうように見せかけるため、速度をあげ、エンジンをうならせて走っていった。

「マハト」非難するような声でフォン・ボッホが言った。「これはいったいぜんたい
なにを狙ってのことだ?」
「頭を使ってください、シュトゥルムバンフューラー。われわれが向こうにまわして
いるやつは、バケツのなかの魚のようにあっさりと捕まってはくれないでしょう。そ
いつはとても抜け目がない。そいつは、パリからの可能なかぎり最短の逃走時間を推
定し、われわれがその方策と、そいつが移動のために使う名前を解明できるかどうか
も推定している。そいつは、まっすぐシェルブールに行って、船を盗むか雇うかする
のはむりなことを心得ている。そんなことはぜったいにできないと。そして、あの間
抜けなショルがそいつにとって好都合なことに、NJG-9基地の施設配置や行動規
定をべらべらとしゃべり、それだけでなく、そいつはそこがまさしく、脱出のための
最善の機会を与えてくれる場所だと確認したにちがいない。わたしは、そいつのもく
ろみは、狂気のヘス(和平のために単独で英国へ飛んだ親衛隊大将)のように、Me110で英国へ飛ぶことだと
考えていますが、われわれはそいつにそれよりはるかに誘惑的な航空機、低く、速度
が遅く、騒音を立てないシュトルヒを提供した。やつとしてはそれをはねつけるわけ
にいかないのではないでしょうか? あの機は、そいつがなにを命じられたかはさて
おき、その狂気の任務をやり遂げるにはまちがいなく最高の、そして唯一の機会を与

えてくれるものです。しかし、われわれがそれを阻止するんです。その拳銃は装弾されていますか？」

フォン・ボッホが、儀礼用ベルトに装着したホルスターのフラップの内側にある、愛用のルガーをぴしゃっとたたいてみせる。

「もちろん。だれも知らないが」

「それなら、できるだけそばに寄り、そいつが動きだすのを待つことにしましょう。そいつはいま、ここから二百五十メートルほどのところにいるのではないかと思います。そいつは車が消え去り、怠惰なルフトヴァッフェの管制塔要員たちが注意をはらわなくなるまで待ってから、あの機へ走っていき、離陸させるつもりでしょう」

「よし、そこへ行こう」とフォン・ボッホが言い、ルガーを抜きだした。

「それはしまっておいてください、シュトゥルムバンフューラー。気が立ってきますので」

ベイジルは這い始めた。草は身を隠せるほど丈高くはなかったが、照明が消されているので、地面に這いつくばっていれば、管制官の監視員に発見される可能性はないだろう。管制塔の監視員と距離を置き、斜めに航空機へ接近していくという計画だった。身を隠しておけるわけではないが、視野がごたつく双眼鏡ですでに暗闇となったゾーンを見ても、たんにデータが増えるだけのことだ。そして、あの上にいる怠惰な将校は実際、ろくに注意をはらっていないはずだし、それどころか、戦闘地帯から遠く離れた場所での無意味な夜間当直任務とあって、のんびりし、フランスのへんぴな土地の、二キロメートルも離れた鉄道駅でおこなわれているおかしなスパイ捕獲作戦に関わっていないことをよろこんでいるだろう。

もちろん、痛みはあった。というか、どこもかしこも痛かった。背中がずきずきし、尻に負った見えない傷が痛み、眉間(みけん)の痛みは消えてくれず、激しくこすられた膝と腕の擦過傷は痛みが増しているように感じられた。彼は泳ぐように草をかき分けて進んだ。恐怖によって思いもよらなかった活力が湧(わ)きあがり、自分の荒い呼吸が夜のざわめきを打ち消していた。一世紀がたったと思えるほどの時間、這っていったが、それでも彼は目をあげようとはしなかった。これはイギリス海峡を泳いでいるようなもので、もし先を見て、そんなに遠いのかと思ったら、自分の士気が挫(くじ)かれてしまいそうだからだ。

これまでの人生のささいな記憶の糸が、どこからともなくよみがえってくる。奇妙な視点からのものばかりなので、どれもろくに意味をなさず、解釈もできないだろう。自分は母のことはほとんど知らず、父を憎み、兄弟はみな自分より年上で、とっくに彼らだけで仲良くし、親睦を結んでいる。懇意になった女性たちの記憶も湧きあがってきたが、それは誇りや勝利のよろこびをもたらすのではなく、彼女たちと自分の、ひととしての欠陥や失望を、そして、愛した女性であれ、そうではない女性であれ、彼女たちへの忠実さを保つ能力が自分にはないという醜悪さをつねにあらわにするものだった。

意味のある人生にするためにただ一度、本気で努力したことがあったが、それは子爵夫人とベッドをともにしているところを子爵に見つかったときに台なしになった。あれはおかしななりゆきだった。なぜ自分はあんなことをしたのか？　自分は土を、太陽を、葡萄園の魅力の源泉となっている化学と直感の精妙な関わり合いを、愛していた。あれはひどくきつい肉体労働で——自分は作業員たちとともに土を掘り、果実を摘み、重労働に従事し、生まれたわが子を見守る父親のように、発酵する葡萄を慈しんだ。夜間には、たゆまず学習をした。あのとき初めて、ばかげた人生のなかに、気持ちを向ける対象ができた。真実を知りたければ、土のなかにそれを見いだせ。土はけっして嘘をつかない。不作で裏切ることはあるだろうが、個人を対象にした裏切りではない。それはたんに土なのだ。

あのときまで、自分は無益な人生を送っていて、あのあとは、肉のよろこびと虚栄という愚行のなかですべてを失い、アルコールと女で憂さを晴らす道へのめりこんでいったが、やがて、この種の仕事を仕切っているだれかが第二のチャンスを与えてくれた。自分は国王との契約に署名し、冒険的な仕事に身を投じた。それは冒険者としての――残虐さに無頓着で、抜け目がなく、無慈悲になれるという――気質に合致するものだった。欺瞞、たぶらかし、強要、無関係な人間への残酷な行為といったようなもの、さらには殺人ですら、まったく気にならない。だが、いずれそのつけがまわってくるのではないだろうか？

自分が死ぬのが数分後であれ、数時間後であれ、数日後であれ、数週間後であれ、あるいは来年か再来年であれ、殺したやつにとってはたいした意味はないだろうし、おそらくは木々のなかへ追いこまれた自分に英国王室の徴集兵が自動拳銃の弾を闇雲にばらまくという結末になるだろう。

まあ、なるようになれ。それが、戦争と呼ばれる邪悪さのありようだ。それはわれわれ全員をむさぼり食う。最終的には、歴史にどんな嘘が書かれようが、それが、それだけが、勝者となる。戦争の神が、壮大で破滅的な軍神が、つねに勝利するのだ。

と、そのとき、彼はそこに着いた。

草のなかから出ていた。大地を強く固めた滑走路の外れにいた。彼は気を許して、目をあげた。あのちっぽけな航空機が五十メートル足らずのところに、ばかげたほど大きい着陸装置の上で、機首を上に向けて鎮座している。あとは、コックピットに飛び乗り、イグニションに点火し、エンジンの回転数をあげ、そのあとブレーキを解除してやるだけだ。それで、あの機は前進し、離陸し、北へ飛行し、朝までまっしぐらに飛行するだけだ。

五十メートル、と彼は思った。自分と英国を隔てる距離はそれだけしかない。正直、自分が飛ばしかたを知っていればよかったのだが。


「あそこだ」フォン・ボッホがささやいた。「やつがあそこにいる。滑走路の外れのところにうずくまっているのが見えるだろう」

彼らはシュトルヒが置かれている格納庫に間近い闇のなかに膝をついていた。

マハトはそいつのようすを見た。英国男は勇気を奮い起こそうとしているように見えた。どうやら、あの野郎は哀れにも疲れ果てているようだ。なにしろ四日以上も占領地にいて、何度もすんでのところで危機をはったりやごまかしで切り抜けてきたのだ。この距離からでも、暗色のダブルスーツがぼろぼろになっているのが見てとれた。

「航空機のところへ行かせましょう」マハトは言った。「やつがあれに心を奪われているあいだに、われわれは尾翼と胴体をあいだにはさむようにして接近するんです」

「よし、わかった」

「あなたは離れて立ち、その豪華なルガーでやつの動きを封じる。わたしが飛びかかって――」マハトはポケットに手をつっこみ、一本のパイプを取りだした。「――これをやつの口に押しこみ、自殺カプセルを飲みこめないようにする。そうしてから、やつに手錠をかけ、一件落着となるというわけです」

彼らが見守るなか、男が草地の外れから飛びだし、運動選手のような驚くほど力強い足取りで、タックルをかわそうとするかのように背を曲げて走りだす。男はあっという間にシュトルヒのコックピットの扉にたどり着き、それを開いて、操縦席に身をおさめた。

「いまだ」とマハトは言い、ふたりは潜伏していた場所から姿を現して、早足で航空機のほうへ歩いた。

フォン・ボッホがルガーを抜き、航空機の左側へまわりこんで、コックピットを真横から見るかたちで近寄り、一方、マハトは尾部から胴体の右側に沿って前方へ移動し、着陸装置に近づいたところで、その下方へ身を滑りこませた。

「動くな！」とフォン・ボッホが叫び、それとまったく同時にマハトが身を起こして、仰天している英国男のスーツの襟をひっつかみ、航空機からひきずりおろした。ふたりが折り重なって倒れたが、マハトはたくみに身をまわして、獲物が自分の腰にはぶち当たらず、開けた場所に落ちるようにした。男がマハトよりはるかに痛烈に地面に落下すると、マハトはあっさりと組み伏せ、男の胸を片膝で押さえこんで、身をのりだし、その喉へパイプを押しこんだ。

英国のエージェントが咳きこみ、喘ぎながら、どこかをつかんで身を入れかえようともがいたが、マハトは犯罪者を逮捕するための格闘を何度もやってきたので、肉体と筋力の鉄則をどのように行使すればよいかを正確に知っていた。

「あれを吐きだせ！」彼は英語で叫んだ。「この野郎、あれを吐きだすんだ！」男の身をゆすって、うつ伏せに転がしてから、肩甲骨のあいだの部分を平手で強くたたく。

だが、男の口からはなにも出てこなかった。

「予想しておくべきだったな」マハトは言った。「おまえのような虚栄心の強すぎるやつは、自殺という見苦しい死にざまは見せたがらないだろうと」

「自殺は無益な死にかただろう」英国男が言った。「とりわけ、わたしにすれば」

いまはフォン・ボッホもそばに来ていて、尋問の説得力を強めるべく、捕獲された男の顔にしゃれたルガーの銃口をまっすぐに突きつけていた。

もはや男には戦う力は残っていなかった。というか、そのように見えた。男が両手をあげる。

「身体検査をしろ、マハト」フォン・ボッホが言った。

マハトは男の背中にのしかかって、両手でそいつの腰まわりを探り、左右の腋の下から両脚へと手を移動させていった。

「これだけです」小型カメラを掲げて、彼は言った。「これを調べたら、なにかがわかるでしょう」

「がっかりすることになると思うよ、あんた」英国男が言った。「わたしはずっと霊的啓示を考えていて、それの写真はひとつの道を提示してくれるだけのものなんだ」

「黙れ」フォン・ボッホがわめいた。

「では」マハトは言った。「われわれは――」

「そう急ぐな」フォン・ボッホが言った。

拳銃の銃口がマハトと英国男の両方を威嚇していた。

クラリッジ・ホテル

なによ、ラリー！

ヴィヴィアンはむかむかしながら、その手紙を投げ捨てた。

それにはこう記されていた。〝ダーリン、あの映画の戦闘シーンを撮影するのに絶好の場所を、予想していたよりかなり早く見つけることができた。まもなく帰る。いつものように愛とキスを、ラリー〟。

男ってそんなもの。いまもそうなんじゃない？ いてほしいときにいた例がなく――彼女は、自分の方から別れを求める女として名を馳せていたが、いまは本気でいてほしいと思っていた――いてほしくないときに、そばにいる！

そして、あろうことか、ベイジルは姿をくらましていた。ときどき、宇宙が自分に悪だくみをしているんだと思ってしまう。

もう一度だけ、と彼女は思った。彼はどちらかというと熊さんのような男で、おまけにウィットがある。田舎者としてはとてもハンサムでもあるが、完璧に均整の取れた鼻とローマ風の高貴な眉を持つ、ギリシャの神の生き写しのようなラリーとはちがっている。ベイジルはギリシャやローマの神々とは無縁で、野蛮な強さを信奉する宗派の信者だ。そして、英雄ゲームなどは演じない分別を持ちあわせている。そういうナンセンスなゲームは、勲章のひとつやふたつがないと戦後はどこにも行き場がなくなる、炭鉱労働者やカトリックの聖職者、フリート街の三文文士やオックスフォードの第二級学生のためにあるのだ。

ベイジルは、カネと魅力を持ちあわせた本物の熊(くま)だ。うなりにうなり、吠(ほ)えに吠える。あすはないかのように、どこまでも進んでいける。

彼はどこにいるんだろう？

彼女は考えに考え、また考えて、ふと気がついた。わたしには、まだ自分を一度も裏切ったことのない同盟者がいるんだ。彼は自分を熱愛している。

彼女は小さな手帳を開いて、その番号を見つけだした。

そこに電話をかけるために、クラリッジの電話交換室を呼びだすと、発信音が聞こえてきて——いつまでも鳴りつづけているように思えるけど、あちらはいったいなにをやってるんだろう？——ようやく、交換手が出てきた。

「ダウニング街一〇番地に」彼女は言った。

ルガー

ベイジルは消耗して疲れ果て、荒い息をつきながら、いまわが身に降りかかった重大なできごとには対峙しようとせず、そのできごとの意味を、特にひとつのことの意味を、把握しようとしていた——自分を捕獲したやつがもうひとりに敵対するという、奇妙なドイツ軍の指揮権争いが始まったのだ。

ＳＳの将校が、自分ともうひとりの男の両方にルガーを突きつけている。

「フォン・ボッホ、なにをするつもりなんです？」トレンチコート姿のドイツ人が言った。

「ある問題のかたをつけようとしているんだ」ＳＳの男が言った。「きみは、アプヴェーアのろくでなしがわたしの経歴に終止符を打ち、わたしをソ連へ行かせることになる報告書を作製するのをよしとすると思うのか？　わたしがそんなことを許すだろうと思うのか？」

「友人諸氏よ」ドイツ語でベイジルは言った。「すてきなシュナップスのボトルを囲んで腰をおろし、じっくり話しあうというわけにはいかないかな？　そうすればきっと、おふたりの仲違いを穏便に解決できるだろう」

　ＳＳの将校がルガーでベイジルの顎を殴りつけ、転倒させた。顎から頬がグロテスクに腫(は)れあがり、血が顔を伝い落ちる感触があった。

「黙ってろ、ろくでなしめ」男が言った。そのあと、そいつはトレンチコート姿の警察官のほうへ顔を向けた。

「わかったか？　おまえがわたしのために完璧なお膳立てをしてくれたんだ、マハト。目撃者はおらず、だれにもじゃまされない。これはほかでもない、おまえが立てたスパイ捕獲作戦なんだ。いまから、わたしはおまえたちふたりを殺す。だが、表向きの話は、こいつがおまえを撃ち、わたしがこいつを撃ったとなる。わたしは英雄になる。最高の栄誉のもとで執りおこなわれるにちがいないおまえの葬儀で、わたしは嘘泣きをしてみせ、ソ連へ輸送されるおまえの部隊に深甚な遺憾(いかん)の念を示すだろう」

「ナチの狂信者め」マハトが言った。「おまえはわれわれの面汚しだ」

「勝利万歳(ジーク・ハイル)」とＳＳの将校が言い、発砲した。

　弾が逸(そ)れた。

それは、そのほんの一瞬前、アプヴェーア捜査官の右手にあるベイジルのブローニングが発砲され、その弾がSS将校の左の脳室を襲ったからだった。そのため、フォン・ボッホの体が痙攣し、銃弾は闇のなかへ飛んでいく結果となった。SSの将校が溶け崩れたように見えた。最初に両膝が地面を打ったが、すでに死んでいたので、どこが地面を打とうが同じことであり、体が左側へ倒れこんで、鼻と歯とパンスネがぐしゃっとなり、帽子が転げ落ちた。

「すばらしい射撃だったね、あんた」ベイジルは言った。「しかし、それ以上に感心させられたのは、気づきもしないうちにあんたがわたしの拳銃を奪っていたことだ」

「彼がなにかをもくろんでいるのはわかっていた。ずっと、あまりに協力的だったからな。さてと、わたしはきみをどうすべきか、その口で言ってもらおう。きみを逮捕して、鉄十字勲章を――もうすでに三つ持っているが――もらうのがよいか、それともこの拳銃を返して、きみが飛び去るのをながめるのがよいか？」

「これが純粋な哲学講座の演習であっても、ひとつめの提案を力強く主張する気にはなれないだろうね」ベイジルは言った。

「では、こんな主張はどうだろう。きみは、というか、きみの拳銃がわたしの命を救い、それによって、きみはわたしの部隊の部下たちの命を救った。しかし、わたしは正当な理由を必要としている。わたしは知ってのとおり、ドイツ人であり、アイロニーには無縁の、重く、面倒な論理的思考に縛られているんだ」

「わかった。では、こういうのでは。わたしはドイツ人を殺すためにここに来たのではなかった。わたしはドイツ人を殺していない。実際、ドイツ人を殺したのは、指摘させてもらうなら、あんたなんだ。わたしは、ばかばかしいと言ってよさそうな任務に就いていた。われわれは、あるレジスタンス細胞(セル)のある男が愛人を持っていて、その愛人がドイツ軍のだれかに通報をしたという知らせを受けた。わたしに伝えられたところでは、低品位無線通信担当の解読員がその通報を解読したそうだ。その愛人が無線通信員なので、われわれはその情報を無線で知らせることはできなかった。そこで、直接その知らせを伝えるために、わたしが派遣されたんだ。無線は盗聴されて、情報が漏れるかもしれないからね。ドイツはほかにも何人か密告者をかかえているにちがいないが、それはすべて役に立たないはずだ。とにかく、われわれとしては、あの詩にあるように、われわれは〝ただ進んで、死んでいく〟(アルフレッド・テニスンのバラッド詩『軽騎兵隊の突撃』の一節)だけのことだ」

「あの詩は胸くそ悪い」

「じつのところ、同感」

「それで、カメラについては？」

「わたしがここに来たら、通りかかったすべてのレーダー施設の写真を撮るようにと指示されていたんだ。それは持っておいてくれ。見れば、そのとおりだとわかるだろう」

「ありがとう。そうさせてもらおう」

さいわい、ドイツ人はそれ以上注意深く身体検査をすることはなかった。ベイジルはとうにフィルムを丹念に包んで、体内の奥のほうに――

「この拳銃も持っておくとしよう。さあ、さっさとここを出ていけ。あそこに航空機がある」

「さてと、その航空機について、ひとつ質問してもいいだろうか？」

「うん？」

「どうやってエンジンをかけるんだ？」

「なんだと。きみは飛ばせないんだな？」

「まあ、飛ばすのを見たことはけっこうある。実際のところ、どれくらいむずかしいんだろう？」

そんなわけで、ドイツ人が彼をシュトルヒのコックピットに連れていって、シートにすわらせ、彼に代わってエンジンをかけ、飛行する際に〝コンパスの方位を真北に維持しておけば、だいじょうぶだ〟）、そして着陸する際に（〝対気速度を四十キロメートル以下に落とし、翼を水平に保ち、エンジンを切り、あとは祈るだけ〟）最低限必要なことを教えた。どれもこれも、ばか者レベルでもわかるようなことだった。

　そのあと、彼らは離陸作業を順調に開始した。

「では、タリホー」とベイジルは言って、小さなハチドリのように震えているスロットル・レバーに手をのばした。

「それはそうと」ドイツ人が言った。「同僚との賭けに決着をつけたい。きみがレジスタンスの滑走路に着陸するのではなく、落下傘で降りたのはなぜなんだ？」

「あ、そのこと？　いささかきまりの悪い話でね、あんた。わたしはもともと腸が過敏で、途中でぐあいが悪くなったんだ。お漏らしをした状態で着陸するわけにはいかなかったし、もっとも早い解決策は地面に降りることだった。となれば、パラシュート。それなら機内をよごすことはない。恥をかくこともない」

「結果として、正しい判断だったな。では、発進するがいい。五百フィートの高度を保ち、真北へ飛行するんだ。神のご加護がありますように」

「きっと、神にはもっと大事なやるべきことがいろいろとあるだろう」とベイジルは言って、スロットル・レバーを前に押した。

事後報告（デブリーフィング）

「紳士諸君」サー・コリン・ガビンズが言った。「セントフローリアン大尉の見映えについてはご容赦願いたい。彼はいましがた海外から帰還し、乗機を木にひっかけるかたちで着陸したんだ」

「サー、あの木は生きのびるであろうと保証します」ベイジルは言った。「そのことについて気がとがめているわけではありませんし、ほかのさまざまな物品に関しても同じです」

木から落下したときに折れたベイジルの右腕は、焼き石膏（せっこう）のギプスが施され、包帯が巻かれていた。シャツに隠されているその胴体も、折れた四本の肋骨を守るために、強力な伸縮性テープでぐるぐる巻きにされている。故人となったSSの大佐、フォン・ボッホに殴打された顔面の腫れは、いくぶんひいてはいたが、いまもそこは黄色みを帯びて膨らみ、ひどくうずいていて、充血した目の周囲には青紫のあざができていた。歩くには杖が必要だった。数かずの負傷のなかでも、膝に受けた擦過傷がもっともひどかったのだ。ほかにも、脳震盪（のうしんとう）を起こしたせいで頭痛がし、絶え間なくずきずきしていた。それでも彼は、男らしい英国軍将校のありようとして、シャツとネクタイの上から肩に上着を羽織るかたちではあったが、なんとか制服を身につけてはいた。

「派手な飛行をやってのけたように見えるな」提督が言った。

「あれを飛ばして、降ろしただけのことです、サー」ベイジルは言った。

「思うに、われわれがここに顔をそろえた理由は全員がわかっているであろうから」あいかわらずアイロニーには無縁なキャヴェンディッシュ将軍が言った。「早々にその件に着手しようではないか」

そこは以前となにも変わっていなかった。大蔵省の地下にある作戦室。迷路のようなトンネルの終点にある、首相の隠れ家だ。あの偉大な男の葉巻のにおいが、それに我慢できない人間にとってはいたたまれないほど強く室内の空気に充満していた。ポスターが数枚、地図が数枚、士気高揚文書が数枚。あるのはそれだけだ。こんどもまた、ベイジルに向かいあって四人の男たちがすわっていた。将軍がひとり、提督がひとり、ガビンズ、そして安っぽいツイード姿のチューリング教授。

「教授」サー・コリンが言った。「あなたは地方からここに来たばかりで、新たな情報に接していないので、セントフローリアン大尉の冒険の細部を、その報告に基づいて理解してもらうのが最善ではあろう。しかし、その結果は知っておいでだ。その過程でひどい傷を負いはしたものの、彼は成功した。ぎりぎりの脱出であったと、わたしは承知している。ブレッチリーであなたがたは、彼の任務の成果を入手したが、セントフローリアンの血と汗と涙がそれに値するものであったかどうか、たしかめる時がいま、来たのだ」

「もちろんです」チューリングが言った。ブリーフケースを開き、『イエスへの道』の数ページをミノックスで撮影した七枚の写真を取りだし、またそのなかに手をつっこんで、三百ページほどからなる書類の束をひっぱりだし、軍の幹部たちにその束をふってみせる。どのページにも、計算式や手書きの図表が、あるいはまたタイプ打ちされた長大な分析結果が掲載されていた。

「われわれはぐずぐずしてはいませんでした」彼が言った。「紳士のみなさん、われわれはあらゆることを試しました。ソ連の外交暗号をインデックスにしてわれわれの暗号解読法を適用し、それぞれの語と文字を数値に変換し、それらをわれわれの持つあらゆる電子装置に入れて走らせ、その結果を、最高の直感力を持つ解読者たちに与えました——その直感力は天与の才であり、その種の頭脳を持つ者は、一見それほど苦労なく、そういう問題を迅速に解決することができるのです。われわれは上下左右、行きつ戻りつといった調子で、分析しました。世に知られるありとあらゆる古典的暗号を試しました。一語一語を、マクバーニー師の印刷文書と何度もくりかえし比較しました。千分の一インチ単位で計測し、幾何学的問題として解析するということもやってみました。オックスフォードの二名の博士たちが、すべてのページのあちこちに見たところランダムに並んでいる妙な十字形のパターンの意味を読みとってみるということまでやりました。彼らの結論は、見たところランダムなそのパターンは実際にランダムであるということでした」

教授が口をつぐんだ。

「それで?」サー・コリンが言った。

「そのなかに秘密の暗号は存在しません」ようやく教授が言った。「書籍暗号を解きうる鍵のいずれを用いても、なにも解読できません。なにも隠されてはいないのです。そのなかに秘密の暗号はまったく存在しません」

おぞましい沈黙が降りた。

しばらくしてやっと、ベイジルが口を開く。

「ああ、くそ」彼は言った。

「お気持ちはよくわかります」とチューリング教授。「しかし、あなたにもわかってもらわなくてはなりません。書籍暗号は書籍のなかにおいてのみ、成り立つのではありませんか？　書籍は閉じられた世界、封じられた宇宙であり、つまるところ、それがポイントなのです。書籍暗号を成り立たせるのは、つまるところ、それがひとつの装置であり、書籍であればこそなのです。それは植字機と印刷機で大量生産され、ページを丁寧にまとめて製本され、想像力を喚起する表紙がつけられ、読者がいるのがマンチェスターであれ、パリであれ、ベルリンであれ、カトマンズであれ、同じページの同じ場所に同じ語が見いだされる。書籍なら、そうなるのが当然のことです。

しかしながら、これは書籍の一冊ではなく、人間が書いた原稿です。年齢、飲酒、放蕩、記憶の欠損、スタミナの欠如、梅毒や淋病の進行といったようなものが、彼の努力をどれほど挫いたかは、だれにもわからない。書き進むにつれて混乱がひどくなったのはほぼまちがいないところであり、それがために、最終的には原本とは似ても似つかないものになったかもしれません。われわれの根本的想定はこうでした。それは、二十年前にマクバーニーが生みだしたものにじゅうぶん近い複製だろうから、しかるべき文字を特定できれば、暗号を解読できる。そのなかのあらゆるものが、各ページに頻出する宗教的落書きにいたるまで、なにもかもが原本の複製だろう。もし質の高い複製品なら、内容の増加や減少には一貫性があり、われわれはその増減量の推定に基づいて計算し、暗号を解読することができたでしょう。しかし、そうではなかった。これの内容をご覧になれば、大尉、変化の大きさがおわかりになるでしょう。文字は、ときには大きく、ときには小さい。ひとつのページの文字数は、ときには千二百で、ときには六百、ときには二千三百となっている。彼が酔っぱらって、ペンを持ち、行のすべてが不揃いになっていて、自制がぎりぎりで保たれていたことがはっきりとわかるページもあります。原本に含まれていた暗号解読のための鍵をこれに用いようと努力したとしても、一貫性の途方もない欠如によって無に帰した。それは実ることのない企てだったのです」

パリ十四区　ル・シャ・ノワール

パリはいまさわやかで、夕暮れの薄闇が街の光景を水彩画のように見せ、闇と謎、そして魅惑的な夜の訪れを告げていた。

だが、ル・シャ・ノワールのテラス席にすわっているディディとヴァルターは、そんなことにはまったく無頓着だった。そこは、パリには数少ない、ドイツ人観光客をあからさまに歓迎する店のひとつであり、それゆえこのふたりのようなアプヴェーア・タイプの人間にひいきにされていた。

歩道も車道もにぎわっていて、多数のひとと車が行き交い、脱走した狂人や道化者や貴族、そして街がパトロンを提供する若い美女たちからなる、いつもの非現実的な光景が展開し、それだけでなく、ドイツの軍人であることがわかる連中も大勢いたが、それでもやはり、例によって、パリはどこまでもパリだった。ドイツの機甲部隊がいても、変わらないものは変わらないのだ。

「さてと」ディディは、ボトルではなくカラフから注がれた、つまり、ヴィンテージものではなく樽(たる)から移されたたいしてうまくもないボージョレ・ワインをひとくち飲んで、言った。「あの提督（アプヴェーアの部長、ヴィルヘルム・カナリスのこと）はいまもドクトル・シックルグルーバー（シックルグルーバーはヒトラーの父親の旧姓で、ここではヒトラーを揶揄している）に影響力を持っているように見える。一度、提督が真相を説明してくれた。オーストリア人（ヒトラーはオーストリア生まれ）は気をやわらげ、あのケチな〝ナスビ野郎〟（SSは黒の制服を着ていることで、ナスビとあだ名されていた）を狂人の城へ呼び戻したそうだ」

「狂気の帝国のふたりが親密性を取り戻したのは、われわれにとっていいことでしょう」

「というより、世界にとっていいことだ」ディディ・マハトは言った。「それはそうと、あの勇敢なシュトゥルムバンフューラー、フォン・ボッホの死はSSの献身の手本のひとつとして歴史に刻まれ、その未亡人に鉄十字章が授与されることになるにちがいない。わたしの知るところでは、彼女は、その死が伝えられてからずっとマキシムで祝杯をあげているようだ」

「あの英国男の拳銃で彼を撃ったのがよかったですね。死体のなかにあなたのワルサーの9ミリ・クルツ弾が残っていたら、ことが紛糾(ふんきゅう)していたでしょう」

「古くからある警察の特技だよ」マハトは言った。「それでわれわれは救われたと考えることだ。われわれは少ない費用で情報源であるOSPREYの安全を守った。英国スパイはたいした意味のない任務を完了して脱出し、理性のないぼんくらなナスビ野郎のひとりが命を落としたというだけのことだ」

ふたりがそろって笑う。ドイツの職業軍人のほとんどは、ヒムラーが率いる黒服軍団を笑いものにして、おおいに楽しんでいた。稲妻徽章をつけた若造たちにはそのことがさっぱりわからない。彼らは、一人前の男たちが楽しんでいるゲームにおいては、負け犬で、勝ち目はなかった。

アベルが、ひどいにおいのするフランス煙草に火をつけた。ゴロワーズという煙草で、このところ彼はそれにはまっていた。その煙は原子力で噴射されたように見え、ほかのどの煙草の煙よりも重く、花輪のように、あるいは亡霊のように長々と空中に漂う。

マハトは咳きこんだ。

「ヴァルター、その煙はステンガン(英国の短機関銃)より危険だぞ」

「フランスにいるんですよ、ディディ。わたしはここになじもうとしているだけです。それはさておき、もちろん、いい知らせがあります。われわれはOSPREYの安全を守っただけでなく、英国人はまだなんの疑惑もいだいていないんです。落下傘による潜入は、あの英国男の腸が不調になったからにすぎなかったんでしょう」

「わたしは警察官としての長い経歴のなかで、多数のひとびとに多数の質問をしてきた。それにはある種の技能が必要になる。直截的な質問をしても、なにがでてくるかは神のみぞ知るだ。もっともいいやりかたは、相手の気が散るのを待つことだ。いろいろと質問を投げかけ、相手がほかのことに気を取られて、警戒心を失うようにさせるんだ」

「その原理は以前に何度も話してくれましたよ。いつか、それを思いだす日が来るかもしれませんね」

「きみは父親が富裕なおかげで、上層部の厳格な処置を免れているんだ、ヴァルター。それはさておき、そう、あの男は、わたしが飛びかたを教えてやると――なんと、あいつは操縦桿を握ったことは一度もなかったんだ！――それを聞くことに気を取られるあまり、警戒心が薄れてしまい、わたしが質問をして、その目を見ると、真実を語っていることが即座にわかった。ひとは嘘をついたとき、脳みそのなかでその台本を読みなおすかのように、目が上を向き、そのあとまた下を向く。それは意識せず、ほんの一瞬のうちに起こる。人間の奥底にある反応だ。それを見分けるのもまた、古くからある警察の特技なんだ。あの男は、操縦桿と方向舵の基本操作に集中すると、確固とした冷静さを保つようになった。あいつはぶじ帰還したんだろうか？」

「どうでしょう。神は、ああいう映画スターみたいなやつが英仏海峡で溺(おぼ)れたり、木に激突してばらばらになったりという、むさくるしい死にかたはさせないんじゃないでしょうか」

「いずれ結果がわかるだろう。なんにせよ、ここはひとつ祝杯をあげるか？」

「もちろん」ヴァルターはそう応じたものの、フランス煙草のガス攻めにあって喉を詰まらせていた。

「OSPREYに、われわれが長く深く関わってきたこのゲームに、ぼんくらな英国野郎は別として、われわれのほぼ全員がソ連送りにならずにすんだこのゲームに、乾杯」

「ヒップ・ヒップ・ヒップ——ウガ、ウグ、ブフッ——万歳(フラー)！」咳きこみながらヴァルターが言った。

デブリーフィング

長く、おぞましい沈黙。

「まあ、それなら、教授」ガビンズが言った。「実際問題、われわれはきみをブレッチリーでの仕事からあまりに長いあいだ遠ざけていたことになると思う。そして、われわれもまたそれぞれの職務をおろそかにしていたのだと。セントフローリアン大尉には休息とリハビリテーションが必要だ。ベイジル、わたしはここにいる全員が、なにはともあれ、めざましく途方もなく勇敢な努力に対して、きみに勲章が授与されることを熱烈に推奨すると思っている。たぶん、ちょっとした昇進もあるだろう、ベイジル。少佐になりたいんだろう？　そうなったときに自分が引き起こすかもしれない災厄を考えてみることだ。しかし、苦々しい気分にはならないでくれ。戦争に勝利するには無数の種をばらまき、そのなかのいくつかが最終的に実を結ぶのを期待するしかないんだ。わたしはいまから幕僚に警戒警報を――」

「失礼ですが」チューリング教授が言った。「厳密には、いまここでなにが起こっているのでしょう？」

「あー、教授、われわれとしては、これを継続すべき理由はないように思われるということだ」

「言ってはなんですが、みなさんは聞くことを学ばねばならない」教授が言った。

彼がにわかに辛辣（しんらつ）な声になったので、ベイジルはいささか愕然（がくぜん）となった。

「わたしは、ウィットとアイロニーに富むセントフローリアン大尉のような人間でもなければ、お三方のような、規定にとらわれ、まやかしの会釈やへつらいといったものに習熟した高官でもありません。わたしは科学者です。確固たる真実を語ります。わたしが言うことは真実以外のなにものでもないのです」

「残念ながら、きみがなにを言いたいのか、わたしにはよく理解できないね、教授」堅苦しい声になって、ガビンズが言った。彼もあとのふたりの高官も、だぶだぶのツイードスーツを着てワイヤフレームの眼鏡をかけた四十がらみの教授にひどく軽蔑（けいべつ）的に語りかけられたことを、快く感じてはいないようだった。

「わたしは言いました。聞くようにと。聞くようにと」かなり無礼な口調で、教授がくりかえした。だが、そのことばには、彼がほかのみんなを知的には劣等と見なしていて、彼らの性急な結論におおいにいらだっていることが瞬時に明らかになるほど、強く力がこめられていた。

「教授」いくぶん冷ややかな声で、キャヴェンディッシュ将軍が言った。「付け加えることがあるのなら、どうぞそのように。サー・コリンが言ったように、われわれにはほかの職務が――」

「秘密の暗号！」教授がさえぎった。

全員があっけにとられた。

「わかりませんか？ これほど明白なことが！」暗号研究者ならではのそのウィットを、彼はみずからおもしろがっていた。

だが、そのとき……警報、騒音。群衆の動き。くぐもった声と騒音。二、三秒のうちにその音が大きくなって、だれかの一行が廊下を進んでくることを告げ、会議室のなかにまでそのエネルギーが入りこんできた。

ドアが開く。ダービーハットをかぶり、緑色のヴェルヴェットの防空服(サイレンスーツ)を着た恰幅(かっぷく)のいい紳士が歩み入ってくる。防空服の内側はピンストライプのスーツで、いまも蝶(ちょう)ネクタイを締めており、好戦的な顎を食いしばって葉巻をくわえ、ラプラタ川河口沖に集結した英国海軍(HMS)艦艇アキリーズのように煙を吹きだしていた。周囲が暗いので、そのグレート・ブリテンを象徴する顔が、かすかにではあるが、くっきりと浮かびあがっていた。

「なんとなんと」すぐさまサー・コリンが立ちあがって、言った。「首相、おいでになることがわかっておりましたら——」

「そんなことはどうでもいいから、すわっておくように、紳士諸君。これは厳密に非公式なもので、ちょっと友人に会いに来ただけなんだ。キャヴェンディッシュ将軍、きみに会えてよかった。きみもだ、マイルズ提督。包帯でぐるぐる巻きになっているのが例の男で、ツイード姿がチューリングであろう。最後になってしまったが、きみなんだろう、チューリング？」

「そうです、サー。この部屋を返してほしいということなんでしょうか？」

「必要なかぎり、ずっとここを使ってくれてよろしい。わたしはまたすぐにここをあとにするから、紳士諸君はなんであれ、ドイツ人(ジェリー)を粉砕する計画の立案を再開すればよい。わたしがここに来たのは、そのずたずたになった男に会うためなんだ。セントフローリアン大尉でまちがいないな？」

「はい、そうです、サー。なんなりとお申しつけを」

「かなりこっぴどくやられたようだな？　なにがあったんだ？」

「木から落下しまして、サー」

「大尉は占領下のフランスにおいて模範的な作戦を遂行し、帰還したばかりでして、首相」

「そうか、よくやってくれた。それはさておき、ある友人がメッセージを伝えてくれとわたしに依頼してきてね。われわれの共通の知人である女性で、現在はクラリッジのスイーツに滞在している。だれのことを言っているかは、きみにはわかるだろう」

「わかります、首相」

「彼女は単刀直入に、今夜きみが彼女を訪ねることを求めてきた。察するに、きみは二、三日のうちにフランスへ舞い戻ることにはならないだろう。彼女はきみの傷口に香油を塗りたがっているだけのように聞こえたし、きみはこういう騒乱の時に訪れたそのような機会をつかまなくてはならない」

「おっしゃるとおりです、サー」

「きみがそこへ向かうと、彼女に伝えてよいか？」

「もちろんです、サー」

「けっこう、けっこう！　さてと、わたしはもう立ち去るので、諸君は会議を再開するように。ジェリーを打ちのめすために最善を尽くしてくれるであろうと確信しているぞ、紳士諸君」

首相の侵入は部屋の空気を外へたたきだし、すぐさま有名な葉巻の煙を室内に充満させたにちがいなかった。その葉巻はプロパガンダ写真に掲載されて笑いを誘ったが、その煙は実際には鼻につくものだった。

咳きこみと鼻をすする音がし、喉に詰まった痰（たん）をなんとかするのに数秒を要した。そして、当然ながら、もっともそれに憤慨したマイルズ提督としては、こう尋ねずにはいられなかった。

「彼女とはいったいだれのことなんだ、セントフローリアン。ある部門に大きな影響力を有する女性にちがいないだろうが」

「だれも拒否することができないレディでして、サー」ベイジルは言った。

「戦争が彼女に不自由な思いをさせているというのは、いかにも不幸なことではあるが」とキャヴェンディッシュ将軍。「われわれ軍服姿の男たちは、国王、王室、そして英国（セプタード・アイル）のためでなく、映画スターのためにも戦っているというわけだな」

「紳士諸君、紳士諸君」サー・コリンが言った。「そこまでにしてくれ。われわれは仕事を再開しなくてはならない。たしか、チューリング教授が発言しようとしているところだったが」

「はい、そうです」教授が言った。「たしか、わたしは暗号は存在しないというようなことを言いましたが、それは従来型のは存在しないということです」

「そう、そこのところだった」とサー・コリン。「きみが言わんとしたのは――」

「いいですか」教授が言った。「説明してみましょう。もっとも解読が困難な暗号とはなにか？　人間の脳より何千倍も速く動く機械を用いても解読できないのはどういうものか。暗号ではない暗号です。それは、どういう暗号だろうと考えさせて、ひとの心を、エネルギーを、時間を、忍耐力を、そして魂をむさぼりつくす。

それを考えだした人物、すなわち、くだんのケンブリッジの司書もしくはＮＫＶＤの諜報指揮官は、聡明なやつです。その通信の意味を知りうるのは、この世にふたりだけとなるわけです。しかし、うれしいことに、第三の人物がそこに関与したと言わせてもらいましょう。このわたしが。作業をしているあいだに、ふとひらめいたのです」

「主導権を握っているのはきみだ、教授」サー・コリンが言った。「どうぞ、つづけて」

「暗号とは偽装することです。それ自体が偽造されているものとはなんなのでしょう？」

衝撃的な沈黙が降りる。

「まあ、いいでしょう。これのページをご覧ください。これをご、ご覧ください！」叱りつけられた学童のように、全員がそれに従った。

「あなたは、セントフローリアン大尉、いろいろと困難な経験をしてきたひとです。あなたがまたひとつ、英雄としての直感を働かせることができるかどうか、たしかめてみましょう。そこになにが見てとれるか、語ってください。もちろん、この部屋のなかに思考を引き戻し、ホテルのスイーツにいるレディのことは忘れておけるならばの話ですが」

「ええと――」ベイジルは言った。得意のアイロニーはすっかり消え失せていた。

「うーん、あー、十八世紀の手書き文字に特有のうねうねと曲がった線、名詞の頭はすべて大文字、〝&〟の多用といったようなもの。そこここになにかの染みがあり、それらはたぶんワインか、もっといかがわしいもの」

「それで？」

「まあ、それらはすべて、ちっぽけな宗教的シンボルなんでしょう」

「それらを丹念に見てください」

ベイジルには読書眼鏡を用意する必要はなかった。それがどういうものか、すぐに読みとることができた。

「十字のように見える」彼は言った。

「ただの十字？」

「まあ、そのすべてが小さな丘の上にあるような。カルバリの丘（イエス・キリストが磔にされた場所）と考えるひともいるだろう」

「カルバリではありません。カルバリの丘にはみっつの十字架がある。これにはひとつだけ。たったひとつなのです」

「うん、いまもっとよく見てみると、この〝丘〟は厳密には丘ではないね。丸みを帯びた不規則な形状が描かれていて、使われたペン先としては可能なかぎり細い線で、とても正確に描かれている。積みあげられた石のようだと言おうか」

「ようやく、糸口がつかめましたね」

「わたしはこのちょっとしたゲームの解答を見いだしたように思う、教授」キャヴェンディッシュ将軍が言った。「積みあげられた石。それはなにかの道標のようなものではないだろうか？　そう、そして、そのなかに一本の十字架が突き刺されている。〝道標〟とは、すなわち〝道〟を指し示すもの。これはそうなのではないか？　冊子のタイトル、『イエスへの道』を表しているのだろう。これは、彼が書いた文書の核心的な意味を表現するものなんだ」

「それがなにを意味するか、、、ではありません。わたしのことばを聞いていなかったのですか？　あなたは耳が聞こえない？」

教授の口調が激烈だったので、将軍はたじろいだ。

「わたしは、これがなにを意味するかということに興味はありません。もしこれがなにかを意味しているとすれば、それ自体とは異なるものを意味しているということです。わたしが興味を持っているのは、これはなにかということです。その意味ではなく」

「思うに」提督が言った。「この道標はケアン（標識として積みあげられた石の意味で、「ケルン」と表記されることが多い）と呼ばれるものだろう。つまり、これはまさにそういうものというわけだ、教授。それがあなたの言いたいことだと――」

「それは最終段階まで取っておいてください。あとひとつだけあります。それをよく見て、それがなんであるかを語ってください」

「ケアン……十字架（クロス）」ベイジルは言った。「ケアン‐クロスとしか言いようがない。しかし、それではなんの意味もないが、ただし……」

「ただし、なんでしょう？」チューリングが先を促した。

のだ。

おいおいとベイジルは自分に呼びかけた。イエスへの道がどこへ通じるかが見えた
ソ連の諜報指揮官は、ブレッチリー・パークに潜入したスパイの名をケンブリッジの司書に伝え、新たなエージェント管理者がだれであるかが彼にわかるようにしたのだ。その伝達手段に用いられたのが、百五十四年前に記された散漫な文書だった。〝書籍暗号〟のように見えるのはまやかし、偽装の一部なのだ。この原稿のなかで重要なのはただひとつ。名を伝えるためのちっぽけな絵だった。

「人名」サー・コリンが言った。

「つまり、ブレッチリーにいる男の名は、ケアン・クロスということか?」サー・コリンが問いかけた。

「はい、ジョン・ケアンクロスです」チューリング教授が言った。「所属は六号棟。スコットランド人。わたし自身はその男と面識はありませんが、その名が口にされるのを耳にしたことはあります」

「ジョン・ケアンクロス」サー・コリンが言った。

「第一級の人物であるようです」

「彼がソ連(レッド)のスパイです。紳士のみなさん、ツィタデル作戦に関する情報をスターリンに知らせる必要があるのなら、ソ連の同志、ケアンクロスを通してでなくてはなり

ません。その情報が彼を通して来たものであれば、スターリンと赤軍の将軍たちは信じるはずです。クルスク突出部の守りを堅固にするでしょう。ドイツ軍は撃ち砕かれる。ドイツ軍の東部戦線からの撤退が開始される。終末が始まる。あのことばをくりかえしましょうか？　〝一九四七年に死んで天国へ行くのではなく、一九四五年に生きて国に帰れる〟」

「ブラヴォー」サー・コリンが言った。

「わたしに〝ブラヴォー〟はやめてください、サー・コリン。わたしはボブ・クラチット（ディケンズの小説『クリスマス・キャロル』に出てくる事務員）のような、安月給の職員にすぎません。ブラヴォーは、そこにおすわりの、キプリングの想像力を具現したような人物に言ってあげてください」

「はてさて」サー・コリンが言った。「ミス・リーは、彼にほんとうにすてきな褒美(ほうび)をくれるんだろうか」

わいわいがやがやがつづく。てんやわんやの大騒ぎ。その名を聞いて、チャーチルが『美女ありき』（ヴィヴィアン・リーとローレンス・オリヴィエ主演の映画）を八十回も観たことを聞き知っている将軍と提督は色めき立っていた。

「ミス・リーとはだれなんです？」教授が問いかけた。

黄昏

つぎになにが起こるかは、わかりきっていた。ケアンクロスに関する情報がMI‐5に行く。ブレッチリーの管理責任を負っている、その国内治安維持担当情報機関の連中が手を打って、ケアンクロスを通してクルスクのソ連軍情報部に情報が伝わるようにし、そのあとは、だれもが腰を据えて、なにが起こるかを待ち受けることになるだろう。ケアンクロス本人には、そしてまたケンブリッジのソ連のスパイである司書にも、接触するわけにはいかない。それがこのゲームのルールだ。情報の漏洩源は神聖不可侵。それがすべてなのだ。

確認は、在モスクワ英国公使団員たちによって収集された情報の断片という形態でもたらされるだろう。それは奇妙な迂回路を経由し、いったん南東の方角へ、同じ方角へ新たに輸送されるT‐34戦車や七・五センチ対戦車砲とともに発送されるが、戦車や対戦車砲はいくつもの別々のルートを用い、行き先が不明になるやりかたで運ばれていく。部隊の動きも偽装され、それがために、ソ連軍の精鋭である戦車軍がふっつりと姿を消したように見えるだろう。

だが、それはこの部屋にいる男たちのだれにとっても、到底知るすべのないことだった。彼らはそれぞれの部署にひきかえし、大蔵省の地下ですごした数日間のことはなにもしゃべらないはずだ。幕僚日誌に記述することもなければ、妻や愛人や子どもたち、ジャーナリストや伝記作家たちに語られることもない。世界は、表面的にはどちらかと言えば穏やかだが、それでもその裏側では、残虐な戦争の獣は、今回はベツレヘムをめざしてではなく、ほとんどだれにも知られていないソ連南西部の小さな都市をめざして進んでおり、そこでまた、アウステルリッツやウォータールーの戦いと同様、何千もの、おそらくは何万もの死体が高く積みあげられ、いずれは草がそのすべてを覆い隠すことになるだろう。

高位の紳士諸氏はそれぞれ、担当する部署へひきかえしていき、もちろん、サー・コリンとベイジルは階級が下とあって、最後に出ていくことになった。そのとき、つまるところ指揮官であるサー・コリンがベイジルのほうへ身を寄せて、耳元でささやきかけた。

「ベイジル、わたしはいまから軍用車でベーカー街へひきかえす。その車できみを送っていこうか？　クラリッジへ？　それとも、身ぎれいにするためにきみの宿舎へ送っていくのがいいか。いや、もちろん、クラリッジにはバスルームがあるにちがいないが」

「きっとあるはずです、サー。なので、その申し出をお受けしましょう。あのチューリングという男は、最終イニングに殊勲打を放ったにちがいない。そうでしょう？　あれはたいしたバッツマンです。彼がその天才に見合う恩恵を受けられればいいんですが」

「受けられるさ。そして、彼はその仕事をこれからもつづけるだろう。あいにく、すべてが秘密となるが。われわれ影の兵士はみな、そうであって当然だ。栄光には無縁。名声も報奨もなく、事実を知っているという自己満足だけをもとに根限り努力し、最善を尽くし、神の意志によって、どれほどの時間がかかろうとも最後には勝利するんだ」

「うまいことを言いますね、サー」

「わたしの弁舌は新兵に訓示をしてきた成果だと思っているよ」サー・コリンが言った。

「なんにせよ」ベイジルは言った。「耳に快いです」

「さて、ここで待っていてくれるか？　ぶらぶらしてはいけない。なにしろ、この場所はありえないほど錯綜しているから、何日も迷子になってしまうおそれがあるんだ。わたしはいまから通信室に行って、なにか〝本日の軍事行動〟があるかどうかチェックしてくる」

「もちろん、そうします、サー」心ならずも部屋の隅に身を落ち着けた彼は、これは長い待ち時間になるだろうと感じた。いまも体のあちこちに痛みがあり、ひどい擦過傷を負った膝はたまらなくずきずきしていて、その痛みをやわらげてくれるのはウィスキーしかなかった。二、三個の薄暗い電球に照らされているだけの殺風景な暗がりなかに、ひとりきりとなり、読むことが許されるものは手近にはなにもない。〝英国は各人がその義務を果たされんことを望む〟というネルソン提督の名言などなんだの、士気を高めるための文句が記されたポスターの数かずが廊下の壁に並べられていたが、暗くすぎてどれも読めなかった。ときどき、英国海軍婦人部隊（WRN）の事務軍曹が、たいていはぶあつい書類の束を持って、急ぎ足で通りすぎていく。が、そのとき――

ハロー。なにかが闇のなかで動いた。

「大尉」声が聞こえてくる。「ご同輩、あなたとちょっとおしゃべりがしたかったんだ」

チューリング教授だった。

やがてサー・コリンがひきかえしてくると、彼とベイジルは地下を通る複雑なルートを歩いていき、そのあとエレベーターで地上にあがって、やはりクレタ島の迷宮のような大蔵省のなかを抜けていったが、途中で出会ったのは、ミノタウルスではなく、ひそかに保安部隊の任務に就いている陰気な第一次世界大戦の退役軍人たちだけだった。たぶん、多大な時間と努力を費やしたのち、ふたりはホースガーズ・ロードに面した建物から外に出た。道の向こうには、急速に緑が繁茂してきたセント・ジェームズ・パークがあった。一マイルほど先に、空高くそびえる記念柱のてっぺんに据えられたネルソン提督像があり、提督がその死をもって建設に助力した帝国を睥睨していた。テムズ川のほうへ二ブロック行ったところにビッグ・ベンがあり、その時計が八時の時報を打っている。

ドイツ人(ジェリー)は一九四〇年以後、戦線を拡大しすぎたせいで、航空機の数が不足するようになり、ロンドンへの爆撃飛行はたまにしかできなくなっていた。今夜も空爆はなさそうで、灯火管制がおこなわれていても、屋外のどこにいようが概して安全であるように感じられた。ドイツ軍爆撃機を追って空を染めるビーコンは見当たらず、はるかに進歩した現在のレーダー探知機が、飛来する爆撃機編隊の機影をとらえた形跡はなかった。旧市街は静かではあったが、その上空は繋索でつながれて漂う多数の防空気球に覆われ、街路にはほとんど活気がなく、四月の黄昏ならではの穏やかで快適な薄闇が徐々にひろがりつつあった。

「さてと、ベイジル、今夜はもう、きみがなにかにじゃまされることはないだろう。きみにとって、とてもすばらしい夜になるはずだ。タリホーといったところかな。あのレディはこの世でもっとも美しい女性だ。王室はきみが最善を尽くすことを期待している」

「邁進しますよ、サー」

軍用車が縁石に寄って停止し、ふたりがそれに乗りこんでいく。そのとき、ベイジルは指揮官の将軍に言った。

「あ、それはそうと、サー、お尋ねしたいことがありまして。SOEにいるドイツのスパイはどういうやつなのか、知りたいのではないですか？　ジェリーはその男をOSPREYと呼んでいます」

ベーカー街

トン、トン、トン。

将軍がパイプに煙草の葉を詰め、つぎにスプーンのような形状の道具で詰めた葉を押しこむ。それに数秒が費やされた。それから、火をつける儀式。第一次世界大戦時の年代物ライターの先端から大きな炎があがり、それに合わせて、葉に点火させるために何度か短くパイプが吸いつけられる。水槽のなかで焚き火をしようとしているようなものだ。

とにかく、その作業には時間がかかり、将軍のオフィスのなかで彼と差し向かいにすわっているベイジルは、辛抱強く待っていた。ものごとはなるようになるものであり、将軍の眉間に、悩んでいることを示す大きなしわが刻まれているのは、OSPREYの件を扱う方向性を決めようと考えこんでいるからにちがいなかった。

ようやく、パイプのボウルから大きな煙が噴きあがり、将軍がさらに二、三度、大きく胸の奥まで息を吸いこんで、火のまわりを助け、ひと息吸うごとに、地獄で燃える硫黄の炎のような光がその顔を明るく照らした。街の灯りはまったくないので、カーテンは閉じられておらず、灯火管制下にあるロンドンは夜の真っ暗闇に身をひそめていた。それでも、ほんのわずかな光はあるので、ベイジルは将軍のオフィスのようすをざっと見ることができた。室内はかなり整頓が行きとどいている。開けっぱなしのファイルはなく、紙片が放置されたままになっているということもなく、どこやらの将軍とはちがい、彼専用の軍事執務室を、そのしかめ面やそっけない態度には似つかわしくないほど華やかな軍歴を物語るトロフィー類で飾り立てるということもなかった。

「OSPREY。そう言ったな?」ようやく彼がわれに返り、その件の方向性を決めて、それを処理しようとしていることを口に出した。「われわれはその暗号名はつかめていなかった。もちろん、その男がいることはわかっていたが。尋ねてもいいかな。その情報はどこから来たんだ?」

「どうやらチューリング教授は影のなかに隠れて、わたしと私的なおしゃべりができるようになるのを待っていたようです。たぶん、ヴィヴィアンに関するデータもほしかったんでしょう。でも、それは求めてきませんでした。彼は、〝特殊作戦執行部にドイツのスパイが潜入していることを知っていますか?〟と問いかけました。わたしは〝もちろん〟と応じました」

「きっと、彼はそれを聞いて、ぎょっとしただろうな」

「たぶん。彼はこんな話をしました。四号棟にいる、奇人や変人からなる彼のチームは、ベルリンのアプヴェーアからの数多い暗号通信を傍受してきた。解読できたのはその四分の一程度で、たいした助けにはならない。しかし、ある職員が、ライサンダーによるSOEの潜入を示しているように思えるものがあることに気がついた。英国の行動とドイツの交信を関連づける通信文は、ほかにはなかった。となれば、その悪辣なやつを捕獲する仕事はSOEの担当となる。彼らは秘密言語を解読する試みの過程において、ドイツ軍の解読エラーがひとつあることに気がついた。それは——通常の文字つづりではなく、大文字の——OSPREYという暗号名で、通信されていた。それで、彼はわたしに情報を伝えることができたというわけです」

「なぜ彼はわたしに伝えなかったのか? そこが不思議なんだが」

「彼は公式にわれわれやMI-5に近づくのは、騒動のもとになるにちがいないということで、やりたくなかったんです。なんといっても、ドイツ軍がわれわれの無線交信を傍受しているのはまちがいないし、もしわれわれがこぞって急な動きをしたら、彼らはOSPREYを引き戻し、われわれはそいつを吊し首にできなくなるどころか、利用も捕獲もできなくなるでしょう」

「あの教授は驚嘆に満ちた人物であるように思えるな」と将軍が言って、ロータス・ヴェルトショーンの靴を履いた足をデスクに載せ——あのざらざらした茶色の靴が、どうしてこれほどピカピカに光っているのか?——ヴァージニア州最高の農産物からつくられたパイプ煙草をまた深々と吸いつけ、また煙を吐きだしたのち、ことばをつづけた。「そしていま、わたしはこう問いかけなくてはならない。なぜきみはドイツ人スパイの存在をわたしに伝えなかったのか、ベイジル?」

「あの任務に着手するまで、それは疑惑にすぎなかったからです」

「マーフィー少尉が操縦する完璧に整備されたライサンダーのコンパスを撃ち砕いたのは、そういう理由でだったのか? きみの着地点や居どころが記録に残り、それがスパイによってジェリーに伝えられることにならないようにしようと?」

「図星です。そして、疑惑がついに確信に変わったのは、作戦の後半、すべての交信手段が使えなくなったころだったんです。また、いろいろと医療処置を受けたあとも、わたしは『イエスへの道』案件にとらわれていました。あの職務からはもう解放され、いまやっと、わたしは自由の身になったというわけです」

「いい仕事をしてくれたな、ベイジル」

「たぶん、わたしはまだ、自分の打棒でいいイニングをつくるところまでは行っていないでしょう、サー」

「この建物のふたつ下の階へきみを連れていこうか。街の大半が真っ暗になったいまも、明るい照明が施された地下室では、MI‐5の三名の情報部員がわれわれの職員記録と作戦ファイルのすべてに目を通しているんだ。彼らはずっと前からドイツのスパイがだれであるかを突きとめるために、夜を徹して仕事をしている。われわれはその男のことを少し前よりはよく知っているが、そいつの素性を暴くために、あらゆる手を尽くしてきても、調査を開始したときからほとんど前進していないんだ」

「ジェリーは巧妙な策略を行使します。わたしはそういう策略を考えだせるやつに出会ったことがあると考えています。マハトという、ドイツの殺人課刑事です。あの男を憎むのはむずかしい。なにしろ、彼はSSの卑怯者を射殺し、わたしにあのちっぽけな航空機の飛ばしかたやエンジンのかけかたを教え、すんなりと行かせてくれたんです」

「たまたま、人間的なドイツ野郎に出会っただけだ。それより、話をつづけよう。きみはどうやってOSPREYに行き着いたんだ？」

「行き着いたというより、まぐれ当たりのようなものでして。一連の数字です、サー。わたしは足し算がろくすっぽできず、ましてや引き算その他の計算はからっきしだめですが、それでも、意味のある数字を前にして、なにもわからないほどのばか者ではありません」

クラリッジ・ホテル

耐乏生活というのはひどいものだ。いい物品は手に入らず、買いものもできない。スワン&エドガー百貨店にもアレクサにも、スターリングラードの食料品店かなにかのように、商品はろくになかった。代用品を買うか、自分で修理するしかない。客はおらず、女性販売員とか事務員とかといった人間だけがいるように思えた。実際、これはとんでもない状況だった。

そして、あす——北アフリカへ出発！　何週間ものあいだ、体も洗わず、ひげを剃らず、着替えもしていない、軍服姿の兵士たち。そこはいたるところが砂で、それが目や鼻、さらには下着の内側にまで、どこにでも入りこんでくる。そしてまた、そこには兵士たちがおおいに自慢する、でかい油だらけの戦闘機械のすべてが、いたるところに置かれていたり、牽引されていたり、放置されていたりする。航空機、自動銃、戦車、トラック、機関砲、ちっぽけなバギー・カー。毎夜、慰問に訪れたビー・リリーやドロシー・ディクソン（どちらもイギリスの女優・歌手）とともに集まった、熱心だがよごれきった観衆の前で、テンポの速いバック・アンド・ウィング（黒人とアイルランドの要素が入りまじったタップダンス）が演じられる。ときには混雑していても仕事はできると考えている将軍や提督たちが、儀式的な話し合いをする。そのうち自分のお尻には雷雲のようなあざができてしまうだろう！　そして、自由意志でもなんでもなく、ウォッカとトニックの酒宴に深くのめりこんでいく。いびきをかくビーのかたわらに置かれた簡易寝台の上で眠る。ダグラスDC-3での長いフライト、おかしな方角から吹いてくる風のうなり、気の毒なレスリー（兵士応援の講演で各地を飛びまわっていたイギリス人俳優レスリー・ハワードは、一九四三年に乗機がドイツ軍の誤撃にあって墜落、死亡した）が死んだような墜落はごめんだ。自分の義務にすべてをささげてはいても、なにもかも忘れて、あと一時間だけ眠りたいとひたすら願うことだって何度もあるだろう。

いま彼女はバスを使い、戦前から持っているシャネルNO.5をほんの少しだけつけ、化粧をし、ノーマン・ハートネル（イギリス映画や王室に衣服を提供したファッションデザイナー）が彼女のために英国空軍の地図をプリントしたシルク地からつくったスキャンティを穿いた。それは、このところ手に入れた物品のなかでは、比較的〝新しい〟ものだった。

その上に、彼女は黒いレースの化粧着を選んで、身につけた。それはパリ十二区にある店で購入したもので、頻繁に身につけていても、まだすりきれてはいなかった。

頬紅を塗り、目の輝きを増すために睫(まつげ)にマスカラを施す。彼女は、自分がとびきりの美女であることを自覚していた。

足りないものはただひとつ。それは男だった。

あいつはどこにいるの？

どこへ行っていたの？

なぜ電話をしてこないの？

なぜ彼の居どころを突きとめるために、『美女ありき』のナンバーワン・ファンに助けを求めなくてはいけなかったの？

いらだたしくてたまらない。

それでもいま、指示されたとおり、この待ち時間はようやく終わろうとしていた。しばらく英国からおさらばするのはいいことだろうし、そのための費用は要らないようだった。

彼女は寝そべり、とても気楽になれて考えごとはほとんどせずにすむ、リラクゼーションと睡眠の中間にあたる状態に入りこもうとした。そうすれば、きっと気が鎮まって、やわらぎ、落ち着いて、ゆったりした気分になれるだろう。〝癇(かん)の虫〟というやつが、ロサンジェルスでのデイヴィッドとの不幸な衝突のときのように（ヴィヴィアンはハリウッドの映画製作者デイヴィッド・O・セルズニックとたびたび衝突していた）、心のなかの小さな箱から飛びだしてくるのを許すわけにはいかなかった。

どれほどの時間が過ぎただろう？　一時間？　一週間？　十年？

だが、ようやく――ドアにノックが！

ベーカー街

サー・コリンがまたヴァージニア産の最良の葉に点火し、自分の額を、まるでそこが特に痛みの強い場所であるかのようにさすって、とうの昔に亡くなっただれかを悼むようなため息をついてから、言った。

「その数字とはなんだ？　先をつづけてくれ、ベイジル」

「現地に潜入するわれわれのような人間は、当然、たがいのことを知っています」ベイジルは言った。「学校は同じ、訓練も同じ、恐ろしい父親がいることも同じ、入隊への道筋も同じ。われわれは会い、話をします。あれやこれやを学びあうんです」

「それはいたしかたのないことだろう」サー・コリンが言った。「それに、規律が保たれているかぎり、害はないだろう。士気高揚にも役立つかもしれない」

「士気などはどうでもいいんです。くりかえしますが、問題は数字です。わたしはこんな情報を得ました。われわれが最近やった十回の潜入のうち、七回は……消息不明となった。成功したのは、つまり、エージェントが現地に降り立ち、困難を回避し、目的地に移動し、無線で連絡を取り、工作を開始したのは、三回だけです」

「残念ながら、それは真実だ」

「それだけでなく、その七回にはひとつのパターンがありました。彼らは即座に消息を絶ったのではなかった。現地に降り立ち、マキ団に支援されて潜伏し、基地と無線連絡を取り、それから何日か偽造書類を使い、それにふさわしい服装をすることで列車に乗りこみ、そのあとふっつりと姿を消した。拷問室に押しこめられたのか？　ダッハウへ送られたのか？　銃殺されたのか？」

「嘆かわしいことだ」と将軍。

「さて、七回は失敗、三回は成功という比率は、興味深い。それは取り計らわれたものです」

「どういう意味だ？」

「そのように選択されたと。運の良し悪しだけなら、五回と五回になったはずです。もしゲシュタポが暗号を解読したり、スパイを配していたりしていれば、失敗が十回中九回に、ことによると十回中十回になったでしょう。そうなると、われわれは人員を送りこむための別の方法を見いださなくてはいけなくなる。わたしには、十回中七回というのは、われわれを警戒させることなく、われわれに最大の害をもたらすために、慎重に計算されたもののように思えました。その計略をひそかに動かしているやつは、七人から情報を引きだせば、あとの三人が彼らに害をおよぼしても、長期的には益のほうが多くなるだろうと想定して、意図的に三人は行かせるようにした。さらに言うなら、われわれの観点からすれば、その結果はこの危ういプログラムを継続するにじゅうぶんよきものとなるでしょう」

「すぐれた推論だ。われわれはまさしくその比率に頼っていた」

「あとひとつあります。到着と逮捕のあいだに時間のずれがあるのは、敵のスパイ情報網がどのような形態であれ、情報が有用なものとなる前に、それを処理しなくてはいけなかったことを示唆しています。だれかが暗号を解き、その意味をつかみ、計算をし、列車を途中で待ち伏せするといったようなことをするための兵站を手配しなくてはならなかったのです」

「じつにすばらしい」将軍が言った。「われわれの分析官たちはまだその計略が見てとれていないにちがいない」

「あのドイツ人が――前に言ったように、卑屈でも悪質でもない、じつにまっとうなやつだと、わたしは信じていますが――そのことを確信させてくれました。彼はわたしに、いかにも無知であるかのようによそおって、なぜ航空機で着陸せず、パラシュートで降下するほうを選んだのかと問いかけました。わたしは嘘が得意中の得意でして、サー。もし平和が訪れたら、なんにつけ、わたしを信用しないようにしてください。わたしは、上を下だと、右はまちがいで左も同様にまちがいだといったような調子で嘘をつき、あなたに信じこませることができる。わたしに嘘をつかれた女たちに訊いてみることです」

「当然、そのドイツ人にも嘘をついたと」

「絶妙な嘘を。命懸けで飛ばそうとしている航空機の上昇や下降のやりかたを覚えることに専念しているあいだ、わたしはぜったいに目を合わせないようにしていました。そうしながら、自分の腸は調子が悪く、洩らしてズボンを汚すはめにはなりたくないので、文明的な人間ならだれでもするようなことをやったとかどうとか、でたらめをまくしたてたんです。それは、彼にすれば――ジェリーがひどい潔癖症なのはご存じでしょう――とても恐ろしいこととあって、鵜呑みにしたというわけです」

「そうしないやつはいないんじゃないか？」

「そのときふと、このドイツの作戦は、わたしを逮捕するためではなく、この瞬間を生みだすために計画されたんだと気づきました。それがヘル・マハトの意図だったんだと。彼は、あのＳＳの〝シャイスコップフ〟（アメリカ兵が英語のshitheadをそのままドイツ語にした造語で、「くそ野郎」の意味）とはちがい、全体の状況を見ていました。わたしは、あの図書館でやったのはまやかしにすぎなかったという、でっちあげの話をしてやりました。あれは偽装で、低レベルのマキ団員の身元が無線といったありきたりの伝達方式で露見するのを防ぐための、日常的な方策だったんだと。彼は、より大きな構図のなかでは、つまるところそんなものは無意味だと受けとめたでしょう。それよりはるかに重要なのは、ＯＳＰＲＥＹなのです」

「これは、控えめに言っても、ベイジル、おおいにわくわくさせられる話だな」

「彼にすれば、パラシュートによる潜入はたんなる例外にすぎず、わたしの任務はささいなものだったということを確信すると、わたしを行かせるしかなくなった。けっしてわたしを愛していたから、すんなりと行かせたわけではなかった。そうしたほうが自分の情報源を守れるだろうと見てとったということです。わたしを本国へ帰還させるようにしたのは、またひとりエージェントがぶじに帰国すれば、あの比率に影響をおよばさずにすむというだけではなく、われわれにそのような策略が実行されていることをまったく気づかせず、それどころか、その疑問の解消に近づくことすらできないようにさせるためだったのです。わたしがあんなふうに姿をくらましても、彼に疑惑の目が向けられるおそれはなかったというわけです」

「いやはやまったく」将軍が言った。「よくできたスパイ小説のようで、おおいに気に入ったよ。エリック・アンブラーの小説よりよくできていて、ジョン・バカンの作品や、チルダーズの『砂洲の謎』よりはるかによくできている。これに匹敵するのはサマセット・モームの『アシェンデン』だろう。話をつづけて、答えを明らかにしてくれないか。その男をどこで、そしてどのように発見したのか、教えてくれ」

「真実は」ベイジルは言った。「つねにあるべきところにあるものです。土のなかに」

クラリッジ・ホテル

やっと！　もうすでに十一時半！

　彼女は、愛らしい足指の爪に塗った真っ赤なペディキュアがよく目立つピンクのルイヴィトンのビバリーヒルズ・ミュールを履き、左右の耳の後ろにシャネルNO．5の最後の一滴をつけると、ぎらつくベッドサイド・ランプを消して、シャンデリアのぼうっとした黄金の輝きだけが残るようにしてから、ドアへ急いだ。

「ダーリン、ダーリン、ダーリン！」と言って、ドアを開け、両手を大きくひろげて、抱きしめようと……。

　そこにいたのはラリーだった！

「ダーリン、わたしが早めに戻ったことをどうやって知ったんだ？　あ、だれかがきみに教えたのにちがいない。このところ、RAFは秘密を隠しておくことができなくなったらしい！」

彼は腕のなかへ彼女を引き寄せ、胸がつぶれそうなほど抱きしめて、自分の愛がワインやシャンパンがグラスを満たすように彼女の心を満たすようにし、それだけでなく、みだらに股間を彼女の股間に押しつけてから、少し身を離して、彼女をしげしげと見た。

「まちがいなく、マダム、きみは美しい女性だ。たぶん、世界でもっとも美しく、もっとも才能がある。新聞のくそったれ記者どもが『ロミオとジュリエット』の舞台をどう酷評しようが、そんなことは関係ない」

「あいつらは壁際に並ばされて銃殺されるべきよ」彼女は驚きを隠そうとして、調子を合わせた。夫は、世界でもっともハンサムな男は、予定より一日早く帰国していたのだ。

「それにしても、ダーリン、なぜあなたは――」

「アイルランドに、あの映画の戦闘シーンを撮影するのに絶好の場所があるのがわかったんだ。ウィックロー県のエニスケリーというところでね。アジャンクール（ヘンリー五世率いる英軍が仏軍に勝利した地で、オリヴィエはそれをもとに映画を製作していた）にとてもよく似ているんだ！　泥まみれになるだろうけどね。そのときふと思ったんだ。細かいことはアシスタントたちに任せ、わたしはヴィヴィアンが北アフリカへの旅に出る前に彼女に会わなくてはいけないと。電話連絡ができ、命令が通せたので、わたしはＲＡＦのボーフォートに乗って、ロンドンへ向かった。やってのけたんだ（エ・ヴォワラ）！　わたしが（モワ）！」

　そのときふと、彼女は思った。ラリーはよく考えれば、早めに帰ることをわたしが知っているはずはないのに、愛の営みのための身支度をすっかりすませているのはおかしいと気づいただろう。そして、そんなに手間暇かけて準備をしたのはだれのためなんだと問いつめたにちがいない。

　だが、ラリーはそれをやってのけたことを勝ち誇っていて、彼自身もとびきり才能豊かで、美男子で、成功した人間ということで、自己満足に浸りきっていて、他人の行動に疑問をさしはさむ気はひとかけらもないように見えた。

　でも、それがなんだと？　彼はわたしの夫だ。ひさしぶりに会えたことだし。わたしはあすは北アフリカに行っている。そして、真ん中に窪（くぼ）みがある、男らしくて完璧なあの顎は――とってもすてき！

「こっちに来て、ダーリン」と彼女は言って、彼をベッドにいざなった。

「よく考えてください」ベイジルは言った。「われわれの驚くべきライサンダーのことを」

「そう言うならそうしよう、ベイジル」

「あれは英国の航空工学が生みだした美しい航空機です。ドイツのシュトルヒほど軽量ではないが、航続距離ははるかに長い。パッティンググリーンほど狭い場所にでも着陸できる。めったに故障しない。空を飛んでいくのにじゅうぶんな速度は出せるので、遅すぎて地面にぶつかってしまうようなことにはならず、ジェリーのレーダー探知をおおむね回避できる。やんわりと着陸でき、数人の男で方向を転換でき、着陸したときと同じ短い距離で離陸できる。この世のだれよりも、あれを設計した天才たちと、パイロットのマーフィー少尉のガッツに感謝したいものです」

「あれはまさしく、しかるべきときにしかるべきことができる航空機だな」

「では、このことを考えてみてください。着陸するときのあれのタイヤは、とりわけ後部側の一本は、地面をひきずるように設計されていますね」

「オーライ。それぐらいはすぐにわかる」

「設計に従えば、必然性を考慮すれば、あらゆる科学の法則を考慮すれば、それはなにをくっつけて戻ってくるでしょう?」

「ええと――」将軍がちょっとことばに詰まる。ひらめきを得ようとして、彼はまたパイプを吸いつけ、燃えあがった煙草の炎が室内を地獄のような輝きに染めた。そのあと、また盛大に煙を吐きだすと、それが彼の頭上にもうもうと漂った。

が、そのとき、彼はひらめきを得た。

「土」彼が言った。

「当たりです」ベイジルは言った。

「わからないのは――」

「ライサンダーが任務を完了して、RAFのニューゲート基地に、その同僚たちからなる第一三八飛行隊のもとに帰還したとき、その後部タイヤには否応なく土がまみれついている。そして、その土はなにを物語るか? どんな質問をすればよいかさえわかっていれば、それはあらゆることを物語るでしょう」

「興味津々（しんしん）になってきたよ」

「フランスには、あの国の南側三分の二にあたる地域には、十三のワイン生産地があります。それぞれがユニークなテロワールを有している。このフランス語は、特定のフレイヴァーや味わい、品質を持つワインを生みだす土壌という意味です。テロワールのちがいによって、ブルゴーニュではブルゴーニュが、シャンパーニュではシャンパーニュが、ボルドーではボルドーが生みだされる。それぞれが特殊で、それぞれがユニークです。ワイン化学者ならだれでも、一連の単純なテストをするだけで、土のちがいをもとに生産地を判別できる。酸度はどうか？　アルカリ度はどうか？　タンニンの含有度は？　土壌の粒度は？　鉱物結晶は存在するか？」

「なるほど」将軍が言った。「では、われわれが目をつける相手はワイン醸造業者ということか？」

「大外れです。ワインのことをよく知る男である必要はありません。酸をふりかけるための小さなスポイトと、リトマス試験紙があればいいのです。少量の土のサンプルに、酸を一滴垂らす。それをリトマス試験紙にかける。リトマス試験紙はなにかの色に変じる。そいつはカラー・インデックスを持っている。カラーは一から十四まであり、十四番のカラーに変じると、それはテロワールの欠如を意味し、われわれがまだ作戦を遂行したことのない北部フランスの土ということになります。そいつは、リトマス試験紙の色とインデックスのカラーを突きあわせる。それでカラー番号がわかる。そして、一から十四のどれに該当するかによって、情報がつかめる。わたしの推理はこうです。翌日のあらかじめ設定された時刻に、そいつは屋外に立ち、葉巻かパイプに火をつけようとして、火を囲んだ指をその光が照らすようにする。基地のフェンスの外にいるそいつの管理者は、双眼鏡でその回数を数える。車で通りかかって、ちょっと停車するだけでもできるでしょう。その数字が――ブレッチリーの無線情報担当者といった盗聴者には無意味なその数字が――ベルリンのアプヴェーアに無線で伝えられるというわけです」

「しかし、それでは地域がつかめるだけだろう」

「それゆえ、その情報の処理には一日より多い時間がかかることになります。ジェリーが知っていることはなにか？　ライサンダーは丘陵地や森林地帯には着陸しないことを知っている。ドイツ軍の施設や駐屯地、町や都市、交通量の多い道路や鉄道の近辺には着陸しないことを知っている。草原や農場、大地主の芝地といった、比較的平らで、比較的へんぴな場所に着陸するにちがいないと知っている。受けいれに習熟したレジスタンス組織が存在することが明らかになっている地域に着陸するにちがいないと知っている。なぜなら、フライトの受けいれは、着陸地域への、そしてそこからの移動のための兵站、航空機との無線交信の確立と維持をおこなう人間、着陸の三十秒後には離陸できるようにするために航空機の向きを変える人員、着陸路をランタンで照らしておき、一分後には明かりを消す人員、エージェントを移動に取りかかるまでかくまっておくための隠れ家が必要になることを意味するからです。とどのつまり、その地域にはエージェントが作戦遂行地へ行くための鉄道路線がなくてはならない。それらの条件をひとつひとつ考慮して計算すれば、ひとつ考慮するごとに選択肢が狭まっていき、最終的には、エージェントはある町のある鉄道駅へ向かうことがわかり、そこでアプヴェーアの刑事たちが待ち受けることになるのです」

「抜け目のないやつらだ。そうじゃないか?」

「まだつづきがあります。アプヴェーアの連中は文書調べのエキスパートです。彼らは、通常のドイツ軍検閲官にはできないようなやりかたで乗客をチェックし、書類の不備を見抜いてしまう。エージェントをその場で逮捕する場合もあれば、目的地まで尾行していき、関連するネットワークを一網打尽にする場合もある。そのすべてが、きわめて迅速に、きわめて巧妙に、きわめて内密におこなわれる。彼らには手際よく処理できないことはなにもないのです」

「今夜のきみは驚かせる材料を満載しているようだから、ベイジル、そいつの名を教えてくれるのではないだろうか。その工作員の名を」

「それはできません。しかし、どういう男かを教えることはできます。そいつは第一三八飛行隊の地上クルーに所属し、おそらくはメカニックであり、ライサンダーがRAFのニューゲート基地に、そしてそこの第一三八飛行隊の格納庫に帰還すれば、すぐさまそれにアクセスできる人物です。そうであるからこそ、そいつはすぐさま後部タイヤに付着した土を採集し、あの手順を開始できるというわけです」

「基地のクルーは人数が多いだろう。だとしたら、特定するにはそれなりの時間がかかるな」

「そうでもないです、サー。わたしはイギリス海峡の上空を飛んでいく途中、マーフィーに尋ねました。あの新参の男はどんなやつだ？　新参者がいるのはわかっていましたし、そいつの編入時期は、われわれのフランスにおける作戦が下り坂に向かうようになった時点と一致していました。その事実（イプソ・ファクト）により、それがだれかは明らかになるでしょう」

「すばらしい成果だ。よくやってくれた。ありふれた賞賛や、お世辞や、敬意をどれほど並べたてても追いつかないぞ、きみ。ことばだのなんだのではとても言い表せない。また勲章がほしいか？　賜暇がいいか？　それともウィスキーがいいか？」

「ウィスキーでじゅうぶんです、サー。ダブルで」

将軍が腕時計で時刻をチェックして、ヘイグのウィスキーを二個のグラスに注ぐ。ひとつはもうひとつの二倍、ウィスキーが満たされていた。

「いやまいった、こんな時刻になっていたとは！　きみのあの約束はどうしたものかと――」

「先送りにしましょう。われわれはみなそれぞれの本分を尽くさねばなりません。今夜のわたしの本分は、ある種の情事を犠牲にすることだったのです」

「それはなんとも過酷な本分だな。だが、つねにあすという日があるんじゃないか？　あのレディ自身が言った有名な科白のように、あしたはまたあしたということでいいだろう」

謝辞

だれよりもまず、わたしが書いた"Citadel"（オットー・ペンズラー篇の短篇集 *Bibliomysteries Volume Two* に収録）をおおいに気に入り、それを拡張して長編小説にすることを勧めてくれたオットー・ペンズラーに謝意を。わたしにとって、これはトミーガンをぎっしり詰めこんだバッグをもらう以上に楽しいことだった！

"Citadel"および本書を早期から熱烈に支持してくれた、アリゾナ州スコッツデールの書店ポイズンド・ペンの店主、バーバラ・ピーターズにも謝意を。彼女の情熱は、わが妻のコーヒーと同じくらい重要だった。

ライサンダーと航空学に関して、また空軍戦であった第二次世界大戦に関して、あらゆることを調べあげてくれた、親友であり偉大な航空歴史家でもあるバレット・テイルマンに。

親友であり誠実な友であるゲイリー・ゴールドバーグは、いらいらさせられるさまざまなコンピュータ関連の問題や（やれやれ！）、さまざまな調べものの問題を含め、各種の面で支援をしてくれた。

　ゲイリーは、アデレード大学オーストラリア法地質学センターの酸性硫酸塩土壌研究センター所長、ロブ・フィッツパトリック教授を紹介してくれ、教授は法地質学的捜査の世界へ入りこむための基本知識を提供してくれた。フィッツパトリック教授は最大限の助力をしてくれたのであり、本書においてわたしがなんらかのまちがいをしでかしていたとしても、それは彼の責任ではない。

　そしてもちろん、コーヒーを用意してくれ、話を聞いているふりをしてくれていた妻のジーンに謝意を。

〈解説〉もう一人のハンター

寳村信二（書評家）

本書はスティーヴン・ハンターが二〇二一年に発表した最新作で、長編としては通算で二十二作目となる。

ハンターといえば誰もがボブ・リー・スワガーやその父親、アールが活躍するシリーズを思い浮かべるであろうが、本作は作家としてのデビュー作『マスター・スナイパー』（一九八〇年）や『さらば、カタロニア戦線』（一九八五年）といった一九三〇年代半ばから第二次世界大戦が終結するまでのヨーロッパを舞台にしている作品の系譜に連なるもので、『さらば、カタロニア戦線』から計算すると、長編としては実に三十六年ぶりの作品となる。

米国での『ベイジルの戦争』刊行を記念して、著者はヒューストンのミステリー専門書店マーダー・バイ・ザ・ブックが企画した評論家のオットー・ペンズラーとのオンライン対談"Stephen Hunter in Conversation with Otto Penzler"(*)に出席しており、本作の主人公であるベイジル・セントフローリアンはペンズラーが編集した *Agents of Treachery*(二〇一〇年)に収められた"Casey at the Bat"と題された短編で初めて世に出た、と発言している。

ハンターによれば、この小品はジェドバラ作戦――連合軍がノルマンディ上陸に先立って行なった、大規模なフランス各地のレジスタンス組織への支援――をテーマにしているとのことで、「ベイジルの原点は『マスター・スナイパー』にある」とも付け加えていた(確かに、『マスター・スナイパー』の四三ページには「ジェドバラ・チーム・ケーシーがこてんぱんにやられた日」とある)。

ベイジルはハンターにとってよほど相性が良かったらしく、対談では「執筆中は実に楽しかった」と上機嫌で話していた。

そして二回目の登場が二〇一五年に発表された短編"Citadel"である。

謝辞でも述べられていたとおり、こちらもまたペンズラー編集の *Bibliomysteries Volume Two*(二〇一八年)に収録され、いたく気に入った編者が長編へ書き直すことを強く勧めた結果、本作が生まれることとなった。

(* https://www.youtube.com/watch?v=QWM4fGteqIA)

作品の舞台は一九四三年春、連合軍がノルマンディに侵攻する約一年前。

前述したジェドバラ作戦の一角を担い、作中では「〝切り裂きジャック〟を兵士に編入するどころか、階級を昇進させて、勲章まで与えるような組織」と呼ばれている英国特殊作戦執行部所属のセントフローリアン大尉は密命を帯びてドイツ占領下のパリへ潜入する。

自称「軽薄者」――ハンターの言葉を借りると「ボブ・リー・スワガーとは正反対」――である彼は「現地調達」したスーツが自分の体格に合わないことに苛立ちながら、銃ではなく知力で巧みに危地を潜り抜けていく。

物語は潜入作戦（任務）とそれに先立つ事前説明（ブリーフィング）が交互に語られる構成となっていて、読者は主人公が与えられた情報の断片を章毎に知ることとなり、結果として知らず知らずのうちにより深く作品の世界へと引き込まれる（実際に数えてみたところ、ブリーフィングは八章にも及んでいたので、その意味でもこの構成は奏功していると言えよう）。

延々と続くブリーフィングに出席しているのが、数学者であり、対独戦で暗号解読に多大な功績を残した一九一二年生まれのアラン・チューリング。

作中でも言及されているブレッチリー・パークでは変人として知られていたそうだが、ハンターもそのあたりを的確に捉え、風変わりな人物として描いている（因みに、筆者はチューリングが登場する場面では二〇一五年に公開されたモルテン・ティルドゥム監督映画、『イミテーション・ゲーム／エニグマと天才数学者の秘密』で主演を務めたベネディクト・カンバーバッチを想像しながら読んだ）。

会議の冒頭でベイジルを擁護するコリン・ガビンズ将軍もまた実在の人物で、父親が英国公使館書記官を務めていたため、一八九六年に東京で生まれている。一九四三年九月に特殊作戦執行部部長に就任しているので、物語の当時はまだ副部長ではないかと推察される。

第二次世界大戦終戦間際にドイツ武装親衛隊が仕掛ける〈ニーベルング作戦〉を描いた『マスター・スナイパー』とスペイン内戦を背景に英ソの熾烈な諜報戦が繰り広げられる『さらば、カタロニア戦線』に比較すると、本作は超然としたセントフローリアン大尉のおかげで全体的に軽やかな雰囲気が感じられ、これまでとは少し趣の異なったハンターの世界が楽しめる。

とはいえ、追う者と追われる者の知力を尽くした駆け引きや任務に隠された謎が少しずつ明らかになる展開といった点では前二作に引けを取らず、「主人公の運命やいかに」といった状況で章が切り換わる語り口も効いている。またベイジルの任務に関連するもう一つの謎解きも隠されていて、最後まで読者は振り回されることとなる。なお、本作ではあと三人、著名な人物が登場する。そのタイミングもなかなか凝っているので、これから読まれる方は楽しみにしておいていただきたい。

前述の対談で、ハンターは「自分には『デューン』（フランク・ハーバートによる砂漠の惑星を舞台にしたSFシリーズ）のような作品は書けない。何かしら枠組みが必要」と話し、また（筆者には意外だったが）かなりの英国贔屓（びいき）で、その気質を満足させるべく『我が名は切り裂きジャック』（二〇一五年）を書いた、とも発言していた。

そんな作家が盟友の編集者に背中を押されて思う存分筆を揮（ふる）った作品が面白くない訳がない。

現在、ハンターは再び第二次世界大戦を背景にした作品に取りかかっているとのこと。短編か長編かは明言しておらず、ベイジルが四度目の登場となるのか定かではないが、楽しみに待ちたいと思う。

●著作リスト

The Master Sniper／一九八〇年／『魔弾』（新）
↓二〇一八年に『マスター・スナイパー』として扶桑社より再刊。
The Second Saladin／一九八二年／『クルドの暗殺者』（新）
The Spanish Gambit（後に *Tapestry of Spies* と改題）／一九八五年／『さらば、カタロニア戦線』（早）
↓二〇〇〇年に同題で扶桑社より再刊。
The Day Before Midnight／一九八九年／『真夜中のデッド・リミット』（新）
↓二〇二〇年に同題で扶桑社より再刊。
Point of Impact／一九九三年／『極大射程』（新）／BLS
↓二〇〇七年に『ザ・シューター／極大射程』として映画化（アントワーン・フークア監督）
↓二〇一三年に同題で扶桑社より再刊。
Dirty White Boys／一九九四年／『ダーティホワイトボーイズ』（扶）
Black Light／一九九六年／『ブラックライト』（扶）／BLS、ES

Time to Hunt／一九九八年／『狩りのとき』（扶）／BLS
Hot Springs／二〇〇〇年／『悪徳の都』（扶）／ES
Pale Horse Coming／二〇〇一年／『最も危険な場所』（扶）／ES
Havana／二〇〇三年／『ハバナの男たち』（扶）／ES
The 47th Samurai／二〇〇七年／『四十七人目の男』（扶）／BLS
Night of Thunder／二〇〇八年／『黄昏の狙撃手』（扶）／BLS
I, Sniper／二〇〇九年／『蘇えるスナイパー』（扶）／BLS
Dead Zero／二〇一〇年／『デッド・ゼロ　一撃必殺』（扶）／BLS、RC
Soft Target／二〇一一年／『ソフト・ターゲット』（扶）／RC
The Third Bullet／二〇一三年／『第三の銃弾』（扶）／BLS
Sniper's Honor／二〇一四年／『スナイパーの誇り』（扶）／BLS
I, Ripper／二〇一五年／『我が名は切り裂きジャック』（扶）
G-Man／二〇一七年／『Gマン　宿命の銃弾』（扶）／BLS
Game of Snipers／二〇一九年／『狙撃手のゲーム』（扶）／BLS
Basil's War／二〇二一年／『ベイジルの戦争』（本書、扶）

※出版社は新潮社（新）、早川書房（早）、扶桑社（扶）。
BLS：〈ボブ・リー・スワガー〉シリーズ
ES：〈アール・スワガー〉シリーズ
RC：〈レイ・クルーズ〉シリーズ

（二〇二一年七月）

◉訳者紹介　**公手成幸（くで　しげゆき）**
英米文学翻訳者。主な訳書に、ハンター『ダーティホワイトボーイズ』『ブラックライト』『狩りのとき』『悪徳の都』『最も危険な場所』『ハバナの男たち』『四十七人目の男』『黄昏の狙撃手』『蘇えるスナイパー』『デッド・ゼロ　一撃必殺』『ソフト・ターゲット』『第三の銃弾』『スナイパーの誇り』『我が名は切り裂きジャック』『Gマン 宿命の銃弾』『狙撃手のゲーム』(以上、扶桑社ミステリー)、コグリン他『不屈の弾道』、ヤング『脱出山脈』、マキューエン他『スナイパー・エリート』(以上、ハヤカワ文庫)、デイヴィッド『時限捜査』(創元推理文庫) 等。

ベイジルの戦争

発行日　2021年8月10日　初版第1刷発行

著　者　スティーヴン・ハンター
訳　者　公手成幸

発行者　久保田榮一
発行所　株式会社 扶桑社
〒105-8070
東京都港区芝浦1-1-1　浜松町ビルディング
電話　03-6368-8870(編集)
　　　03-6368-8891(郵便室)
www.fusosha.co.jp

印刷・製本　図書印刷株式会社

定価はカバーに表示してあります。

Printed in Japan
ISBN 978-4-594-08822-4　C0197